JOY

享受讀一本好小說的樂趣

第七屆皇冠大眾小說獎決選入圍作品

朝顏時光

米果[著]

〈推薦序〉

閱讀朝顏時光

侯文詠◎文

穿梭時光固然在大眾文學裡，已經不算是太過創新的手法，但是利用這樣的手法，作者讓主角幸子與歷史人物徐謙田交會，並且帶著現代人的目光，重新回到二二八的那段歷史現場，帶出了張氏家族幾個兄弟的故事。這使得對於這一代人而言冷冰冰的歷史，產生了一種有知覺的溫度。

所謂的以史為鑑，可以知興替。我們對於歷史的理解，很多時候是為了作為當代的借鑑。但是在這個時空穿梭的故事裡，作者重建了一個歷史現場。我們隨著原本不怎麼關心那段歷史的女主角——幸子，回到那個正在進行的歷史現場裡。為了幫助從二二八那天穿梭時空而來的徐謙田，幸子必須在當代查閱資料，甚至訪問耆老，找出解救他的方法。對於大眾小說的讀者而言，這樣的現場感刺激出了一種解謎的好奇，我們好像閱讀推理小說般地，在歷史裡享受著一種探索的趣味。而幸子也被設定成和一般讀者歷史程度差不多的一個女孩，她對於歷史的疑問正是我們的疑問，幸子對於歷史的查詢與理解，也正是我們的查詢與理解。

這樣的小說設計，顛倒了我們對歷史理解的方式。當我們面對歷史時，那些無窮無盡的知識與分析很容易成了研究的主體，歷史裡的人物反而只成了歷史的客體。但是作者藉由這樣的小說手法，把歷史人物放進了前台，讓我們所有的資料閱讀、田野調查反而成了後台。這種前後台顛倒的設計，使得後台的追究與努力，全為了前台正在進行的歷史，並且挽救歷史人物的生命。

這種樂趣，是小說這門藝術輕易能夠做到，但是歷史本身卻很難企及的一個著力點。

我一直覺得故事的文學張力是大眾文學裡承載知識的翅膀。如何維持張力與知識之間的平衡，是大眾文學裡很重要，又必須很小心的技藝。有點可惜的是作者的野心太大了，旁徵博引來了太多的知識與內容，使得在這樣張力下的小說，顯得知識的負擔有點太重。太少的現場，太多的轉述、引述以及歷史資料，把某種呼之欲出的現場感與張力沖淡。如果能夠再減少不必要的歷史，再寫進更多人的心情與情節，我相信一定更會是令人感動的傑作。

當然，想把歷史還原回到文學的現場，必須不斷地與歷史中的資料、人物拉鋸，這並不是一件容易的事。不過，很多時候，歷史本身能做得更好的事情就留給歷史去做吧！文學作品寫的永遠是人的感情，人的故事。

我最喜歡故事到了最後，峰迴路轉地出現那封徐謙田的來信，道盡了政治信仰的虛幻以及人在歷史中的渺小——就像『朝顏花』短暫而燦爛的隱喻一樣。這種站在更高的制高點，對於生命和歷史重新審視的另外一種透徹，恐怕是小說這個不太起眼的技藝，一再讓人沉迷很重要的理由吧！

評審意見

文筆溫婉透脫，寫人穿梭於不同時空，重現二二八時代之種種現實面貌，托鬼魂而敘之，尤是發人深省，早年電視劇『時光隧道』，即運用此等手法成之，惟見仁見智仍陷紛紛耳。

——司馬中原

我自己寫不少與政治相關的小說，也走過一段悲情的歲月。某些歷史事件，之於我，有如『神主牌』，不容冒瀆。

只是從來不知道，像這樣的題材，可以用這樣的方式來表現。

吃驚嗎？非常。『政治小說』（這裡指的是廣義的與政治相關的小說），可以與時空連結，回到過去結合成為一部好看又有意義的大眾小說（作者花多少時間仔細耙梳那個時代林林總總）。

所以，作為一種新類型，我很服氣啦！

——李昂

利用時空的錯移，巧妙地讓人進入台灣的歷史現場。由於不同時代之間的對比，使得歷史產生出不同的親切，以及更高格局的視野與觀點。

——**侯文詠**

自從英國威爾斯發表《時光機》科幻長篇後，在時間中旅行以及時間中改變未來，即一直是類似科幻小說與電影的主要題材。

《朝顏時光》以台灣本土歷史為切入點，表現出在時間節點進出的故事，在選材上相當別致，而在寫作上也極為成熟；在過去和未來的跳接上，則非常平順合理。這是火候老到之作，縱使與大家之作相比，亦不遜色。

——**南方朔**

重回二二八現場，而能改變歷史，人物雖然龐雜，卻能鎖定主要角色開展，文字俐落，敘事能力強，企圖心明顯，有動人的情懷。

——**張曼娟**

出入時光隧道，現代人回到過去、搶救二二八白色恐怖時代罹難者性命，考證工夫非常翔實。

——**廖輝英**

入圍感言——
痛苦與快樂的綜合體

小說寫作，猶如寂寞的自閉事業。

我始終迷戀小說與人生的微妙鍊結，小說將人生無法暢快體現的喜怒都淋漓寫盡，如我這般謹慎膽小的人，無法拿人生去冒險，也只好靠小說來闖蕩，總要寫出人生況味，那才叫過癮。

書寫《朝顏時光》的過程，充滿痛苦與快樂合體的情緒跳躍，我對時間磁場極為敏感，對舊物舊人特別牽掛，即便求學過程的歷史成績一敗塗地，為了探索家族長輩多舛多樣的人生，也只能回頭面向過往，變成時空的闖入者。線索如荊棘，又像沾滿塵埃的證據，我無法得知他們之所以如此勇敢的原因，卻已經瞭解他們之所以如此選擇的理由，於是將他們邀來，穿著舊時西裝或梳著古老髮型，成為小說的主角配角，回到一九二六年的打狗旗後，回到一九三〇年的廈門與上海，一九四五年全島大轟炸前夕的台北總督府與鐵道飯店，再回到一九四七年的台北大稻埕，那些戰亂時代不得不的恩怨，成為我內心緩緩和解的力量。即便這樣的故事題材不討好，但我寫得理直氣壯，我無法論斷他們的人生，只好把故事寫得夠精彩，這樣便好。

寫完小說，終於知道歷史不是恩怨的復仇輪迴，而是諒解的教材。感謝皇冠大眾小說獎評審，讓這段畏光的歲月，有了重生甦醒與溫暖人性的新解；也要感謝我最喜愛的日本作家宮部美幸，她的小說《蒲生邸事件》讓歷史重來的可能性，成為小說最精彩的腳本。謹以台灣二二八與白色恐怖事件為時間基底的長篇小說，向宮部美幸致敬。

〈米果專訪〉

從一張穿越時空的舊照片開始……

米果，一個獨居在台北盆地邊緣的奇特女子，
為了投身文字工作，她過了七年不上班的生活，
她擅長駕馭文字，更懂得如何在微小的事物中發現樂趣，
以她的私生活為內容的部落格，點閱率已超過百萬人次。
如今，她將從一張穿越時空的舊照片開始，挖掘出一段驚人的家族祕密，
這段祕密，利用時空的錯移，讓我們巧妙地進入台灣的歷史現場，
發現另一種動人的情懷……

投身寫作，七年沒上過班

前兩屆皇冠大眾小說獎，米果分別以描寫大學生活的《覺是今生》以及上班族甘苦的《夏日彼岸》初審入圍，此次，米果以《朝顏時光》躋身前五名，寫作功力可說是一屆比一屆更精

進。

很難想像，文字功力精湛的米果，原本是學商的，曾經從事保險規劃工作，後來基於對寫作的興趣，經常投稿報章雜誌，在文壇漸露頭角。

『當年考大學的時候，我想學文，但是父母不同意，當時也就傻傻的唸了商，可是過得很不快樂。加上我有先天性心臟瓣膜不全的毛病，後來又累積了過多的工作壓力，因此我一直都有心悸的毛病，有一天晚上，這毛病突然發作，我以為自己快掛了，那時候突然有個念頭：如果我就這樣死了怎麼辦？我還有什麼事情沒做？』

起了這個念頭之後，米果看見詹宏志在報上刊登《數位時代》招募人才的熱血廣告，後製文字總監鄭林鐘在看過米果發表在報章雜誌的作品之後，發覺她極有駕馭文字的天分，便大膽任用毫無編輯經驗的米果。於是，米果正式轉職到《數位時代》，當起雜誌編輯，從此踏上了以文字謀生的寫作生涯。

後來，在網路初興的年代，米果加入了『明日報』的行列，沒想到『明日報』卻如曇花一現……米果為了紀念這段即將逝去的時光，與一群志同道合的網友，合寫了一本《五年級同學會》，大著膽子去向圓神出版社提案，沒想到不但提案成功，而且出書之後大受歡迎，也將米果的生活推向了『自由文字工作者』的方向——此後七年，米果沒有去上過班。

『很多朋友問我，何以能七年不必去上班？其實我也想過，萬一有一天，我活不下去了，當然會去找個工作來糊口。但是很多人沒想過，其實不上班，會減少很多開銷，例如，我不需要常常去唱歌，發洩工作壓力；不必出門去上班，就不需要花錢買華服；開銷大幅減少，生活自然輕鬆愜意。有個朋友說得好，上班賺的錢，真正的名目應該是：加班的爆肝費、被老闆羞辱的遮羞費、陪客人應酬的坐檯費！現在市面上有很多書教人怎麼成功、怎麼賺錢，其實我認為現代人缺乏的是「讓自己快樂的能力」。如果不能放棄優渥的物質享受，那就不要抱怨工作辛苦，畢竟那是自己選擇的路，選了就不要後悔。』

米果擅長在日常生活的小事中發現樂趣，她的部落格——『米果・私生活意見』點閱率超過百萬人次，部落格中，她書寫電影、小說、棒球、簡單美味的料理、生活小事物……處處呈現細膩且風格獨具的觀點。

『有一天，我發現有隻蜘蛛在後陽台結了網，發現的時候，「成果」已經滿可觀的，當我仔細去觀察，那網子非常美麗，我不忍破壞，反正，就讓蜘蛛去網小蟲蚊子，省下紗窗的錢也好。』

米果實踐生活、感受生活，即使是一般人認為不起眼的小東西，米果也能發現它存在的價值。也因為具備這樣的能力，在一個家族聚會中，米果機緣巧合的發現了一張泛黃的舊照片——正是這張舊照片，讓米果循線回溯，抽絲剝繭，牽引出背後龐大的家族祕密和歷史糾葛，而後更進一步引發她寫作《朝顏時光》的靈感。

以一支筆，劃開血淋淋的歷史傷口

在米果所發現的舊照片下，寫著『台灣革命同盟會歡送返台之台籍人士紀念照』，照片中，外公的三弟坐在正中央，而前國民黨黨主席連戰的父親——連震東站在後排的右邊。外公的數名兄弟曾分別是國共兩黨的要員，卻在幾十年後的今天，只在一張陳舊的照片上，留下淡淡的身影。

『從小，我們家的兄弟姊妹個性都很內斂，不喜介入爭端、面對衝突，只要看見有人吵架、打架，就會遠離。我從沒想到，自己的祖先，會是個在歷史上留名的人物。』

『為了拼湊出完整的家族歷史，我去國家圖書館、網路上搜尋資料、甚至去電中央研究院，詢問有沒有相關的歷史資料可以參考，我希望可以寫出一部家族史，原本已寫了十萬字。但是由於母親向來低調，加上家族裡大多數的精英份子都因為介入政治，而下場慘烈，母親更是不希望家族歷史曝光，加上當時留下來的資料不多，長輩的記憶有些更是支離破碎，說法不一的情況甚多，煩亂之下，我正好看到宮部美幸的小說《蒲生邸事件》，用穿越時空的手法來重現歷史，我想，為什麼我不用小說的方式來呈現呢？』

米果表示，《朝顏時光》可以說是向宮部美幸致敬的作品。

為了寫家族史，她大量閱讀關於第二次世界大戰前後以及二二八事件的歷史，參考許多文獻，並且用excel做出大事紀年表，全心投入小說創作。也許正因為太投入了，在寫作期間，竟然有先人來入夢！

『有天晚上，我夢見一個穿著中山裝，梳著油頭，就像是民初打扮的人，坐在我床前，直盯著我看……』

因為了解，所以慈悲

米果又如何看待這部以政治事件為主軸的小說呢？

『在寫小說的時候，我必須屢屢回頭去修改其中充滿憤怒、發洩以及說教的文字，有時候甚至必須整段刪去。但是，寫完小說之後，反而從中解脫，不再去想這些事情。因為，當你知道，歷史上曾經發生許多大事、人跟人之間隨時處在可能喪命、背叛、人人可能是間諜的陰影下，如果到歷史中去走過一遭，再回來看現在的政治情況，自然不會有以前憤慨的情緒了。』

歷史，是無法抗拒的洪流，有些人仍然將自己困在憤怒、叫囂與仇恨之中，米果卻選擇了深入去挖掘，進而了解、體諒過去，以冷靜而慈悲的目光，注視這段歷史的傷口。

作者簡介

米果，台南人。昔日為朝九晚五上班族，近年蝸居台北盆地邊緣，靠文字書寫謀生。喜歡隨興自由恬淡過活，最愛傳統市場與古老市集，嗜吃庶民料理，不愛名牌與大餐，討厭不合腳的鞋，最恨鴨舌帽，不愛勵志書。最常散步與快走，搭公車漫遊，或搭捷運發呆。因為是秋天出生的小孩，所以討厭濕冷冬天，又怕高溫酷熱，嚮往恆溫世界。關心美日台職棒賽事，早起只為看洋基王建民與水手鈴木一朗。農夫作息，鮮少熬夜。用網路部落格記錄瑣事，有時候也分享閉門造車的『白痴料理法』。重度紙本閱讀者，另患有網頁閱讀不耐症，尤其對火星文嚴重過敏。希望有一天可以靠小說維生，但自知不可行，只好努力爬文賺錢。

1

站在姑婆生前居住的老屋門前，恰好是盛夏陽光最毒辣的正午。

幸子推開斑駁的日式拉門，蒼老軌道發出刺耳的鏽蝕摩擦聲，猶如劃破時空磁場，割出一道新來舊去的裂縫。

老屋霎時撲過來的潮濕霉味，隱約是歲月醃漬過後的醱酵氤氳，帶著陰涼蒼老的況味，幸子感覺腳踝一陣冷颼，那涼颼直接竄上胸口。這幢日式老屋，似乎滿腹孤獨悲苦無人傾訴，用這種方式與幸子寒暄問好，還真的讓人不知如何應對。

幸子站在門前，莫名湧上來的思念，讓她開始掉進古老時光的地窖中，她對這老屋的情感特別微妙，夾雜味覺與親情的啟蒙。小時候，傷風感冒或腸胃不適，或僅僅想要嚐一口姑婆親手煮的綠豆薏仁甜湯，都可以當成探訪此地的藉口，尚有冷暖季節交替感染結膜炎的理由，總是自己拿著零錢搭乘老舊氣喘的市公車，從東門城外一路行經彌陀寺前方的古老陸橋，再穿過府前路，繞過小西門，過了杏春堂中藥舖的大招牌，就要準備默數兩站以後該拉鈴。西門路到了這一帶，除了那幢叫做『大舞台』的保齡球館還有點生氣之外，其他都是安靜營生的小店家。那些年，幸子一個小孩兒獨自搭公車來往城內外，跟在陌生大人身後等紅綠燈，然後小跑步過馬路，姑婆家沒有上鎖也沒有電鈴，幸子就自己使勁推開庭院木頭紅門，然後坐在玄關脫鞋，接著赤腳走在日式木板長廊，怕吵醒午睡的舅舅，只好小聲喊姑婆，或乾脆楞在屋內發呆，聽著老掛鐘的滴答計時，靜靜等待姑婆應聲招呼。

幸子其實不多病，但是經常藉口來找姑婆。姑婆愛穿寬鬆旗袍，夏天坐在天井花園搖扇子乘涼，冬天抱著白金懷爐，毛襪穿兩層，笑起來一口金牙。

那幾年，舅舅上午在貧民醫院上班，午睡過後就在自家看診。舅舅不多話，沒有患者的時候，就關在診間看書，幸子躡手躡腳去推門的時候，心裡其實很忐忑。

這幢日式老屋原本還有竹籬笆圍牆和一扇紅色木門，木門裡側有一小方花圃，後來馬路拓寬，先削去一半圍牆，後來索性連花圃都挖走。幸子記得牆邊有一叢粉色牽牛花，姑婆總說牽牛花的說法不夠美麗，她用軟綿綿的日本腔調，說那是『朝顏』。

此刻，幸子走入屋內，站在玄關正中央，左側的鞋櫃有點傾斜，中間幾層隔板甚至留著白蟻啃噬過的蜂窩狀齒痕。

鞋櫃旁邊的大鏡子還在，鏡子左側漆著『第六信用合作社敬贈』的小楷字體，以前姑婆出門之前，都會在鏡子前方整理衣衫。鏡子旁邊的牆上，約莫與腰帶齊高的位置，應該有根鞋拔子，吊掛鞋拔子的釘子還留著，可是鞋拔子已經不見了。除了地板一層淺淺灰塵，以及室內因為無人居住的孤寂感之外，房子其實還保有當年小診所的氣味與氛圍。

幸子試著拉扯天花板垂掛下來的老式日光燈按鈕開關，原本不抱期望，沒想到，日光燈惺忪眨眼之後，居然也亮了。『不應該早就斷電了嗎？』幸子心裡這麼想，還摸摸口袋裡的小型手電筒，看來，自己是多慮了。

要不是三天前發生那件不可思議的怪事，幸子也不可能來到姑婆的舊屋，要說心裡沒有哆嗦，那也未免太逞強了，刻意挑選日頭赤焰的正午，陽氣逼人，倘若有鬼，也不至於太嚇人。

姑婆是上個月中旬在安平新居往生的。三天前，在修禪院辦過家祭之後，幸子站在寺院前方一株老榕樹旁邊發呆，可能是因為院內焚燒檀香的氣味太過濃烈，竟感覺昏昏欲睡，眼皮逐漸沉重，一恍神，後腦勺彷彿被什麼怪力揪住，太陽穴轟轟作響，一瞬間，天地翻轉，險些失去平衡，左右晃了幾下，好不容易回神，用力眨眼，卻見眼前的修禪院正殿建築變得灰濛濛的，好像電腦修圖軟體執行了復古色澤修正，一下子蒼老了半世紀。

幸子雖然覺得納悶，可是卻無法明確判別眼前的風景色澤究竟有何不妥，稍稍轉身，面向修禪院大門，發現不遠處有個高瘦男子，約莫四十歲的中年人，深色老派西裝樣式，頭髮梳成復古小油頭，鼻梁架著細絲黑圓框小眼鏡，手裡提著咖啡色皮質公事包，模樣與裝扮都不像現代人，好像從民初時代劇走出來的臨時演員。

那個高瘦男子直視前方，看起來有點焦慮，幾度想要往前走，身體稍稍前傾，隨即縮回來，接著掏出手帕，拭去額頭汗珠，然後又低頭看著手帕，好似汗珠結晶成鹽漬，看得入神。

這男子身上的西裝樣式，看起來有幾分眼熟，幸子努力回想了幾秒鐘，馬上聯想到張國榮演過的電影『新上海灘』，同樣十里洋場的舊時代裝扮，熨燙整齊，看起來是個拘謹律己的讀書人。

不過，會來參加姑婆告別式的人，要不是與舅舅同年紀的朋友，就是如幸子這類後輩，畢竟姑婆近百歲數，跟她同世代的人，已經不多了，何況，眼前這個男子的年齡頂多四十出頭，穿這麼老氣的深色西裝，尤其在盛夏七月的南部正午，確實有點離譜。

幸子摸摸後腦勺，試圖舒緩緊繃的肌肉神經，卻看見男子朝她走來，腳步聲悶悶的，連他開口說話的聲音，都像嘴鼻隔著膠膜，猶如遠地悶雷，不是太清晰。

『請問，是「顏張萃文女士」的告別式嗎？』

男子的聲音極好聽，有古老電台主持人說話的韻腳和語調，幸子懷疑自己耳鳴，總感覺對方說話的聲音好似上下擠壓，聽起來真像轉速緩慢的黑膠唱片。

幸子當時只覺得有趣，不小心笑出聲音來，完全忽略了姑婆告別式的嚴肅氣氛，顯然有點失禮。

『嗯，是的……沒錯，顏張萃文的告別式，請問……』

男子好像鬆了一口氣，肩膀線條因為安心而鬆懈下來，看起來，似乎對幸子方才的失禮舉動毫不在意。

他從西裝口袋掏出一個白色奠儀，交給幸子，還微微頷首說道：『這是我的一點意思，麻煩轉交顏家，嗯，萃文的大兒子應該叫做「世泓」吧，我記得他是個聰明的孩子，剛到泉州的時候，我還教他讀過日文，偶爾來廈門思明北路的眼科診所，我們還去打棒球呢！』

男子說話的口吻，有濃烈的思念，眼神浸潤在舊時光的幸福中。

幸子收下奠儀，看到男子隨即轉身離去，忍不住追問：『先生，你不進去拈香嗎？』

『啊，不了，我還要去趕船，這時候搭火車到打狗港，再等船到廈門，都不知道來不來得及趕在天黑前進門呢！明天一早，我還跟張邦傑先生約了去上海一趟，不能耽擱了！』

男子走進正午豔陽中，日頭炙熱囂張，彷彿把空氣都熔成熱騰騰的岩漿，男子在氤氳滾燙的熱空氣裡，逐漸蒸發成為模糊的身形，幸子看著他離去，好像目睹沙漠高溫底下浮現的海市蜃樓。

頭。

突然，感覺後腦勺一陣拍打，一回頭，發現蘭子站在身後，拿著黑色簽字筆，正在敲她的頭。

蘭子是幸子的姊姊，兩人差距四歲，今天負責在告別式會場收奠儀。她穿著黑色絲質短袖洋裝，頭髮挽成馬尾，盯著幸子渙散的瞳孔，馬上伸出手指頭，猛戳幸子的眉心，『妳一個人站在樹下發什麼呆？』

『我？一個人？難道妳沒看到剛剛有人跟我站在一起嗎？穿一件老氣的西裝，還梳著小油頭，我猜，他應該是姑丈公的朋友，或是姑婆的朋友，要不然就是舅舅的朋友，可是……可是……』

幸子突然辭窮，明顯察覺自己說話的邏輯不對，要說是姑婆或姑丈公的朋友，年紀也差太多了吧，何況，他還稱世泓舅舅是個『聰明的孩子』，輩分似乎長了一輪，可是年紀又不相符，怎麼可能？

她看著男子離去的方向，渾身一陣寒顫，修禪寺圍牆附近毫無人影，要不是幸子手裡還拿著男子交給她的奠儀，她真的會以為大白天撞鬼了。

『妳看，他還把奠儀交給我，然後就說，他要去……去「趕船」？』

幸子說得心虛，還小心偷看蘭子對於『趕船』這兩個字的反應，只見蘭子接過奠儀，嘖嘖稱奇，『幸子，妳看，好漂亮的小楷字體，毛筆耶，毛筆寫的，很罕見吧！』

幸子接過奠儀，仔細端詳，果然沒錯，落筆蒼勁有力，左下角署名：

『江寧靜　莊禎祥』

直到告別式結束，幸子的心頭，始終掛念那個男子的事情，他應該就是江寧靜或莊禎祥其中一人，錯不了，只要找時間問問世泓舅舅，應該不難找到答案。

當晚，遠到的親戚用完素齋之後，陸續離開，世泓舅舅站在安平新居的騎樓底下，不斷鞠躬道謝告別，對街運河吹來徐徐涼風，舅舅的身影，顯得孤寂。

蘭子正在整理奠儀，幸子在一旁幫忙抄寫名單，好不容易等到世泓舅舅進門，坐在藤椅歇息，幸子才小心翼翼抽出那封小楷書寫的奠儀，遞到舅舅眼前。

『舅，你認識這兩個人嗎？』

舅舅接過奠儀，拿出口袋裡的老花眼鏡戴上，端詳許久，屋內老掛鐘的滴答聲響變得清晰而犀利，幸子想起小時候，自己搭公車到西門路找舅舅看病時，舅舅就是這種專注的神情讓人敬畏，她突然覺得舅舅真的老了。當年，他會一邊看診一邊聽古典黑膠唱片，有時也用素淨典雅的瓷杯喝咖啡，或拿太妃糖當作勇敢打針的禮物送給幸子，幸子對舅舅的事情不多問，只覺得他神祕、自由、聰明，又有點距離，不像姑婆那般親近。

舅舅終於將視線從奠儀的小楷毛筆字挪開，沉思了一下子，然後問幸子，這奠儀是誰送過來的？

『哦？誰……誰啊？』幸子指著奠儀左下角的名字，『應該就是這兩個人其中的一個……』

舅舅的嘴角突然露出笑意，還搖搖頭，好像幸子正在跟他開什麼大玩笑一樣。

『妳說，不是江寧靜，就是莊禎祥嗎？』

『嗯，應該是吧！』

『呵呵，幸子，妳曬昏頭啦，可能是中暑，』舅舅故意敲敲幸子的前額，『莊禎祥是莊清水叔公的長子，我叫叔公，妳要叫什麼？叫叔公祖，對吧？光復前，他們一家也去泉州，莊禎祥教我讀過日文，那時候，眼科組了棒球隊，他還當投手，是個和藹憨厚的人啊！』舅舅喝一口茶，取下老花眼鏡，『光復後，回到高雄旗後，有一天大雨，他去看魚池，倒在池邊咳血死了。他本來就有眼科醫師資格，不久就可以重新開業，死的時候，才四十歲……』

幸子心頭一驚，手心滲出冷汗，可是又覺得正午太陽底下，那男子的模樣那麼清楚具象，如果不是莊禎祥，總該是江寧靜吧！

『那麼，舅，會不會是江寧靜呢？應該是江寧靜吧！』

『江寧靜？』舅舅搖搖頭，『這名字的確耳熟，一下子又想不起來，什麼樣子的人呢？幾歲？胖或瘦？』

幸子大約把那個男子的身材與裝扮描述一遍，舅舅拿下老花眼鏡，手指捏捏鼻梁，又搓搓眉心，緩緩搖頭，『唉，想不起來……一點都想不起來，改天再說吧，可能是莊家的後代，這些年都沒有往來了……』

2

告別式當晚，幸子自己騎腳踏車從世泓舅舅的安平新居返家，途中穿越民權路老街，經過『大井頭』遺跡，來到『上帝廟』附近，幸子突然想起，白天那位穿著老派西裝的中年人，好像還提到一個名字，張邦傑。

回到家，早一步搭車回來的姊姊蘭子和母親已經坐在飯廳餐桌前，正在吃小玉西瓜。幸子推開紗門，就迫不及待開口問母親，有沒有聽過那些名字，莊禎祥，江寧靜，再加上張邦傑。

母親這幾年的聽力不好，幸子刻意把那三個名字說得緩慢清晰，母親卻頻頻搖頭，一點線索都沒有。

幸子覺得洩氣，好像陌生男子把奠儀交給她，她就該負責把他們的身分都弄清楚不可。

蘭子遞給她一片小玉西瓜，還很體貼地用牙籤把西瓜籽都剔乾淨。

母女三人坐在夏夜餐桌前，低頭專心吃小玉西瓜，陷入無語沉默。

這時，母親突然開口，『哦，張邦傑啊，幸子，妳說張邦傑啊，是我三叔的名字啦，妳去看看我的身分證，父親欄的地方，就是張邦傑！』

幸子馬上彈跳起來，像子彈一般快速衝到客廳電視櫃下方，找到抽屜角落的牛皮紙袋，裡面有戶口名簿、戶籍謄本，還有全家人的身分證和木頭印章。

找到母親的身分證，翻轉背面，『父』欄位，果然寫著『張邦傑』三個字。

『媽，張邦傑不是妳爸的名字嗎？怎麼會是妳三叔呢？』

『唉，戰爭發生時，我還在妳外婆的肚子裡，搭船從廈門回台灣，妳外公被日警通緝，回不了台灣，戰爭還沒結束，我六歲那年，他就死在澳門了，我們父女兩人都沒見過面呢！光復以後，因為要報戶口，否則就變成私生子，不能姓張，只好讓三叔領養，妳看身分證的母親欄，是我三嬸的名字……』

所以，今天那位急著去打狗港趕船的中年男人，說他要跟張邦傑去上海，絕對不是胡扯的囉！

『那……那麼……這位張邦傑，住哪裡？我們怎麼都沒見過他呢？』幸子因為有點興奮，口氣變得結巴，還有點顫抖。

母親吃完小玉西瓜，正在用牙籤剔牙，『張邦傑……唉，光復之後，他是大官啊，搭軍機代表國民政府來接收台灣，聽說出門都是高級黑頭車伺候，很嚇人的！不過，後來就沒消息了，現在也不知道是生還是死，應該不在了吧，如果還在，年紀也很大了，他是妳萃文姑婆的哥哥，姑婆都快要一百歲了，如果張邦傑還在，可能一百多歲了！』

那天晚上，幸子並沒有把那位陌生中年男子來過告別式的事情跟母親詳談，整件事情變得很詭異，即使說予人聽，也未必有人相信，何況，母親與舅舅這一輩，都不是愛提往事的人，總是三緘其口，幸子始終覺得他們的心裡，都藏著歲月醱酵的祕密。

第二天，幸子藉口看病，騎腳踏車又去了安平，她心裡早就盤算好，無論如何，都要把事情搞清楚。

舅舅在診間看書，根本沒有察覺幸子站在門口喊人，倒是舅媽從屋後跑出來應門，舅媽好脾氣，講話輕聲細語，幸子當下決定，也不找舅舅商量了，直接找舅媽。

幸子跟舅媽提到姑婆的寬鬆旗袍和織繡扇子，倘若沒有火化，可不可以讓她收藏？

這說法是前一晚就想好的，幸子知道姑婆這些老東西都留著，早些年還聽說，連姑丈公的遺物也保存得很好，而且還收藏在古董級的五斗櫃抽屜裡，遷居之後，那五斗櫃留在西門路老屋，還來不及搬過來，姑婆就因為在新居跌倒，竟然臥病不起。

舅媽果真是單純的人，什麼也沒問，拿了西門路舊屋鑰匙，直接遞給幸子，還吩咐她，舊屋內的灰塵多，就別脫鞋子了，天井花圃有一大片朝顏花，倘若還沒凋萎，就給它們澆些水，天氣熱，恐怕早也渴死了。

拿到鑰匙當晚，其實發生一件事情，對幸子而言，似乎是個提示。

那天她躺在客廳沙發上，手裡拿著電視遙控器，體育台正在轉播棒球比賽實況，螢幕左上角呈現當時的比數是『7：0』，攻守交替的廣告時間，幸子將頻道切換至日本台，正在播出『料理東西軍』，她看了一小節，再重新切換回到體育台，結果畫面左上角出現『13：3』的大比數落差，當時幸子只覺得無趣，這麼懸殊的比賽，不看也罷，於是將頻道再切回日本台，電視畫面裡的師傅正在示範『蔥花鮪魚』的料理步驟時，一個念頭突然竄上來，剛剛只不過離開體育台幾分鐘，攻守並未交換，最多也只有三個出局數，比數怎麼會變成『13：3』？

幸子即刻將頻道重新切回體育台，結果，螢幕左上角呈現的比數，好端端的『7：0』，幾秒鐘之前的影像，成為謎。

一開始，幸子並不以為意，何況那場球賽節奏緩慢。她起身刷牙、洗臉、淋浴，甚至下樓餵食水族箱的孔雀魚之後，又把桌面散亂的書刊雜誌整理乾淨，諸如此類的瑣事，在夜裡徐徐跟著時間前行，約莫過了兩個小時，重新坐回沙發，球賽剛好結束，比數竟是『13：3』。

那時，幸子看著電視畫面左上角的比數，感覺體內靈魂瞬間被抽離，腦殼一陣刺痛，彷彿置身高轉速滾筒，反覆上下左右拋擲，等到穩住思緒，努力回神，已經是一身冷汗了。

幸子坐在沙發上，稍稍緩和呼吸，她原本就很容易因為缺氧而出現暈眩作嘔的症狀，以前也曾經跟著靈異節目瞎起鬨，假想自己會是陰陽眼或容易被附身的體質，直到某次跟朋友玩錢仙，發現錢幣在自己指尖下方完全動不了，找人核算八字，才知道五兩重，錢仙當然請不動。

這麼看來，在姑婆告別式遇到的陌生男子，根本不可能是鬼魂，鬼魂既然不近身，那麼，包括那份毛筆書寫的奠儀，和這場比數詭異的球賽，代表什麼呢？

那晚，幸子睡得不好，翻來覆去，輾轉難眠，索性起床，坐在黑暗的窗台邊，想起那位穿著老派西裝前來弔唁的舊時代男子，竟然留下一堆謎題，莫非那人從搭船的時代穿梭磁場而來，送來的奠儀署名已經過世的莊禎祥，還約了一百歲的張邦傑去上海，倘若不是鬼魂，那會是什麼？何況他還說過，在泉州也打棒球，會不會，他對今晚的球賽轉播也動了手腳？

直到此刻站在姑婆舊居的玄關，看著日式建築的長廊，她終於知道，探索祕密，原來不是一件輕鬆愜意的事情啊！

3

老屋門窗緊閉，屋內彌漫木頭潮濕氣味，幸子小心踩著地板，來到屋內中央的天井轉彎處，以前姑婆習慣坐著搖椅，在天井的冬陽底下打盹，腳邊有細石子鋪成的小型『枯山水』造景。姑婆口中的朝顏花，已經從屋外花圃移到天井中央，恰逢開花時令，淺紫、粉紅、鵝黃各色斑斕競豔，姑婆總是說，朝顏清晨開花，傍晚凋謝，也許是花開得太過奔放，幸子好似不曾為這些倉卒凋謝的朝顏花感覺惋惜，當時只貪戀天井花園小炭爐烘烤的甜番薯滋味，有時姑婆也烤魷魚，幸子記得小時候，即便鬧胃腸病也不放棄坐在天井階梯上，邊吃點心邊聽姑婆講古的美事。

隨著姑婆過世，舊時光跟著收拾打包，上鎖封存，只剩下憑弔的氣味了。

幸子繞到昔日舅舅看診的房間，面街的窗戶垂掛著墨綠色厚重窗帘，所有家具都搬走了，室內顯得陰暗而空曠，只剩下一個大書櫃，書櫃左側掛著去年的舊日曆，日期還停在搬家那天，好似為這家人在此地的人生，畫下一個休止句號。

再走進廚房飯廳，磨石子水槽和老式水龍頭，恰好折射窗戶透進來的陽光，水漬沉澱成牆面雕花，整個廚房卻清亮透明如盛夏閃著冷藏水珠的玻璃杯。幸子記得以前姑婆和舅媽在那裡包粽子，大爐子就架在綠色紗門外的空地上，有一次爐火太旺，把一旁晾衣服的竹竿都燒起來了，幸子那時才讀國小，膽子很大，跟著大人拿水瓢水桶滅火，火勢一度延燒到屋角，里長還叫了救火車來幫忙，從此之後，姑婆不在端午包粽子，改買現成的民權路『上帝廟』旁邊的老店『再發號』。幸子覺得可惜，再怎麼說，姑婆包粽子的獨門香菇與鹹鴨蛋配料，畢竟跟商家的味道不同啊！

屋內家具只要堪用，幾乎都搬到安平新居去了，舅舅和姑婆都是念舊惜物的人，就算蓋了新居，也沒打算把舊家具丟棄，唯有姑婆房間還留著五斗櫃，據說材質太過老舊，唯恐移動就解體，原本等待姑婆逐一收拾打包，可惜搬遷當時，老人家受了風寒，接著犯氣喘，搬進新家又跌跤，從此生病臥床，直到往生離世，留著五斗櫃在這裡守夜，也算盡職。

姑婆的臥房在走道最裡側，幸子靠近門邊的瞬間，有種奇怪的感覺，彷彿姑婆還在門內，坐在梳妝鏡前，仔細盤好頭髮，正在戴珍珠耳環。

打開門，熟悉的氣味低迴盤旋，是姑婆習慣用的資生堂面霜與髮油香味，隱約還有白花油的淡淡舒爽感，幸子倚著牆壁，深深呼吸，想起幼時依偎在姑婆身旁睡午覺，白色透明蚊帳隨著姑婆搖扇的節奏輕輕擺動，那整個正午稀疏小蟲唧唧的嗜睡氛圍，正是這種氣味催眠的下場，原來這房間還留著姑婆的味道，並未隨著火化的軀體去到西方極樂世界啊！

突然，一陣鼻酸。

房內留一盞暗紅光澤的小壁燈，五斗櫃孤獨站在窗邊，最上層的小抽屜銅環，像兩顆監視的瞳孔，緊盯著幸子的鬼祟行徑，可惜斑駁鏽漬增添了銅環的疲態，有點力不從心。

幸子走到窗邊，拉開淺綠色花草圖案的窗帘，窗外有棵小葉欖仁，遮去大半日光，樹影晃動時，銅板似的光點，攜手在地板跳恰恰。

站在五斗櫃前方，突然有點猶豫，不知道該如何拿捏恰當的力道開啟抽屜，畢竟這五斗櫃的年歲和身骨，都不太硬朗了。

她決定輕輕拉扯右邊小抽屜銅環，發現抽屜上鎖，根本拉不開。接著試試左側小抽屜銅環，慢慢挪移幾公分，確定銅環不會鬆脫之後，才緩緩將小抽屜整個抱下來，窗台恰好有點深度，將小抽屜擱在上面，倚賴自然光，也好做個久違的日光浴。

也許是塵蟎作祟，幸子連續打了好幾個噴嚏，彷彿也聽見房門外頭有些窸窣聲響，心想是噴嚏回音，沒怎麼在意，還是把注意力移轉回小抽屜。

幾條摺疊工整的繡花手絹與絲巾排列在抽屜左半邊，中間有一支琥珀色澤髮簪，還有一副鏡片出現裂痕的老花眼鏡；右半邊則是一個黃色條紋的方形鐵盒子，鐵盒上頭印著『義美椰子夾心餅』的商標字樣。

幸子打開餅盒，裡面散亂堆疊著黑白沙龍照，看起來都是老式寫真館的統一格式，有『今日攝影』，也有『美慕里』，照片裡的人物看起來都很嚴肅，表情眼神都心事重重，男子西裝領帶，女子旗袍套裝，約莫都是臉孔微微側向一邊，一絲笑容也沒有。

幸子將那些照片排在窗台上，仔細比對，有幾張是姑婆年輕時候拍的，短髮齊耳，薄薄貼著耳垂，有一張是外婆穿旗袍的沙龍照，另外那些穿西裝的男子，幸子一個也不認得。

她把沙龍照逐一翻轉過來，有些用鋼筆註記名字，有些則殘留著糨糊乾涸的痕跡，幸子心裡其實是有期待的，果然，那兩個名字出現了，『莊禎祥』與『江寧靜』，甚至，那位在廈門等著一起趕赴上海的張邦傑也沒有缺席，這下子太好了，只要把照片翻過來，就知道那天穿著老派西裝前來送奠儀的陌生人，到底是誰了。

用指甲小心摳著照片邊緣，捏著相紙一角翻轉過來，幸子卻很失望，不管是莊禎祥還是江寧靜的長相，都跟那位陌生男子毫無相似之處，很明顯就可以辨識，根本不會是同一個人。

雖然有點洩氣，可是仔細想想，也沒什麼好失落的，畢竟，這些照片主角人物都有點年紀了，倘若不是跟姑婆同世代，要不然就更年長些，就算年輕一輪，也已經是超過七十歲的長輩了，怎麼可能是出現在告別式會場外的中年男子呢？

幸子把照片收回義美椰子夾心餅的鐵盒裡，再小心把抽屜塞回五斗櫃，然後拉出下方第二層大抽屜，發現裡面塞滿毛巾和床單被套，再拉出下一層，大都是姑婆晚年常穿的普通衣物，夏天短衫和冬天毛衣，摺疊整齊，有一股淡淡的樟腦味。

拉開最下一層，果然，姑婆年輕時候穿過的碎花旗袍、短衫、百褶裙，甚至深藍色短大衣跟合身小洋裝都留著，質料手工都纖細，小小抽屜猶如封存了姑婆的青春證物。幸子心頭雀躍莫名，挑了一件白色半袖圓領襯衫和橙色碎花百褶裙換上，小跑步到玄關旁邊，對著大鏡子端詳，姑婆年輕時的身材應該也差不了多少，衣長袖長與寬度都恰當，幸子看著鏡子裡的自己，彷彿見到青春正好的姑婆張萃文。

就在幸子轉身、踮起腳尖、往後迴旋半圈的同時，屋內出現一道強光，幸子起初不以為意，以為是屋外經過的車窗折射正午豔陽的瞬間光影，等她往姑婆的房間走了約莫五、六步之後，才發現天井側邊的朝顏花叢一旁，居然有小炭爐的白煙裊裊升起；舅舅看診的房內，傳來古典黑膠唱片的樂音；而廚房那一頭，則飄來端午粽葉經過滾水烹煮的香氣。

原本收藏在五斗櫃上層小抽屜的琥珀色髮簪，這時候卻滾落在木頭地板邊緣，幸子想要彎身將它撿起，髮簪竟然沿著地板與牆壁的接縫處滾動，滾著滾著，地板好似向下傾斜，幸子的腳跟一滑，整個人跌在地上，眼看著地板傾斜的角度越來越嚴重，幸子想要攀住一旁的柱子，手掌卻撲空，身體向下滑了幾公尺之後，整個人幾乎被傾斜的地板拖著往下溜竄，突如其來的脫序狀況，讓幸子毫無冷靜思考的餘地，只能不斷往空中亂抓，還喊了幾聲救命。

突然，有人抓住她的右手，原本傾斜的地板瞬時拉回水平原點，幸子側躺在地上，努力掙扎回頭，發現抓住她右手的人，居然是三天前，出現在姑婆告別式的那位陌生男子。

4

屋內老鐘深沉敲擊正午報時十二響，地板灰塵在刺眼光澤鼓譟之下，迎合鐘響節奏，循序升空飄浮，光影灰塵融為一體，構成一幅迷離異境的圖騰。

被陌生男子猛力一拉，幸子的額頭撞到男子的下巴，感覺腦殼一陣劇痛，幾乎要暈了過去。

暈眩中，眼前一片七彩潑墨交互渲染，呼吸跟著窘迫急促，只覺得四肢末梢刺痛如針扎，等到回過神來，已經靠牆坐著，還大口喘氣。

男子半蹲著，鼻頭距離幸子的眉心，可能不到一個掌幅的距離，幸子可以清楚看到他嘴上的鬍髭和臉頰的毛細孔，甚至還聞到他的鼻息，帶著淡淡的消毒藥水味道。

他身上老派的西裝不見了，一件白色長袖襯衫，袖子往上捲至手肘關節處，布料看起來有點縐，下身則是卡其色長褲，腰間打了幾個摺，又是電影『新上海灘』時代的裝扮。

『還好吧？』男子的口氣很溫和，眼眸像一泓清泉。

『嗯，還好，只是頭有點痛……』幸子單手撐住腦袋，『剛剛，是地震嗎？』

男子沒有說話，掏出口袋裡的手帕，抿了一下鼻頭汗漬。

幸子見他不回答，內心一陣哆嗦，不知道哪來的膽量，突然用食指重重戳了男子的臉頰，那人嚇了一跳，半蹲身體隨即往後傾，跌坐在地板上。

『妳……妳在幹嘛？』

幸子來回摩擦食指，確定幾秒之前的膚觸很扎實，才忍不住發噱，笑了出來。

『我想要確定一下，你是不是鬼啊？』

『鬼？我嗎？』男子指著自己的鼻尖，感覺被誣陷，有點錯愕。

『是啊，怎麼會穿著老派西裝，出現在姑婆的告別式，現在又偷偷跑進這幢舊房子，你到底是誰？』

幸子膽敢跟陌生人開玩笑，其實心裡已經有點譜，這個人要不是熟識姑婆與舅舅的後輩，就是許久沒有聯絡的親戚，也有可能是曾經跟著舅舅在醫院實習的學生，因為從他的年紀判斷，應該只有四十出頭。

男子欲言又止，沒有明確回答，似乎很為難的樣子。

看著男子的表情，幸子內心突然有點忐忑，語氣跟著心虛了起來，『你是清水叔公的孫子嗎？』

問話之後，幸子才發覺不對，倘若按照親族排行跟年紀推算，這個人，應該是莊清水的曾孫，莊禎祥的孫子，何況清水叔公是舅舅那一輩喊的，幸子應該尊稱一聲『叔公祖』。

原本腦殼就有點緊，一想到這些繁雜的輩分稱謂，幸子就更傷神了。

屋內靜悄悄的，僅存兩人的呼吸喘息聲，那男子又低著頭，不發一語，好像真的很為難。好不容易，他輕輕咳了幾聲，終於抬頭面對幸子，神情看起來非常認真。

『我知道這一切都很荒唐，妳可能不相信，或者……或者，我應該先自我介紹一下，我叫徐謙田，雙人「徐」，謙虛的「謙」，稻田的「田」。嗯，我再強調一次，妳可能會覺得很荒唐，其實我也覺得不可思議，不過在考慮合理或荒唐之前，我想，我可以先找一些證據，讓妳相信這當中絕對沒有惡意……』

這位叫做徐謙田的男子先站起來，再慢慢拉著幸子的手，也許覺得失禮，等到幸子站好之後，又突然把手縮回去，然後指著老屋中央的天井，示意幸子往前走。

這時，幸子的眼角餘光突然瞥見玄關鞋櫃，那鞋櫃不該是空無一物嗎？甚至有點傾斜、還留著白蟻啃噬過的蜂窩狀齒痕嗎？

幸子用力眨眨眼，眼前景象並沒有因為眨眼而改變，只好跑到鞋櫃正前方。她雙手捂住嘴巴，天啊，鞋櫃居然擺滿鞋子，有鞋拔子，還有鞋油，鞋櫃旁的鏡子看起來很新，甚至紅色漆寫著『第六信用合作社敬贈』的小楷字體，都還閃爍著新品的光澤。

幸子回頭看看謙田，他聳聳肩，一副『妳看吧，我沒騙妳』的表情。

幸子的背脊感覺一陣無以名狀的涼意，全身細胞彷彿都凍僵了。

她發現屋內的木頭地板紋路清晰光滑，窗櫺晶亮，還有新漆的刺鼻味；天井花園栽滿桂花與含笑，陽光底下，還曬了兩床攤開的棉被，一旁竹竿垂掛著大紅花被單，而小炭爐正烘烤一尾乾魷魚，香氣誘人。

幸子感覺自己的雙腿都沒力氣了，瞧瞧謙田，看他撇頭，朝走廊裡側張望，幸子跟隨他的視線，將注意力投注在同一個方位，才發覺舅舅看診的房內，的確傳來古典樂曲的聲音。

直到此刻，幸子才動了拔腿逃跑的念頭，她覺得眼前的景象實在太荒謬了，只要有辦法跑到門口，推開日式拉門，離開這幢舊屋，站在屋外的陽光底下，看見馬路來往的車輛，這一切幻覺應該可以迅速消失退散。

她趁著謙田不注意，立刻轉身拔腿狂奔，跨出玄關階梯，猛力推開拉門，那推門的力道掀起一陣反彈的風，屋外陽光霎時奔灑進來，幸子望著街景，猶如全身穴位都被點死，楞在原地，驚愕失措，完全無法移動。

拉門外頭，因為馬路拓寬而拆除的籬笆與紅門竟然重新歸位，籬笆爬滿朝顏花，紅門敞開著，門外恰好有輛三輪車經過，踩三輪車的車夫戴著斗笠，皮膚黝黑，還被突然衝出屋外的幸子，嚇了一跳。

開什麼玩笑，又不是電視頻道播出的台灣民間故事，怎麼會出現這種六〇年代的場景呢？

幸子覺得洩氣，又覺得渾身無力，只好跌坐在玄關階梯上，腦袋抵著膝蓋，好想放聲大哭。

這時，她嗅到空氣中，有一股清甜的青草氣味，再仔細吸了吸鼻子，那氣味應該是包粽子的月桃葉。

她抬起頭，發現謙田坐在身旁，手掌交叉緊握，關節發出『喀喀』的細碎聲音。

『妳都看到了吧，我應該不用多加解釋，就是這樣子了。』謙田嚥下口水，喉結上下滾動，『這麼說，好像很不負責任，其實我自己也沒辦法理解，只能猜想，也許是時間磁場錯亂，或者，突然出現莫名其妙的空隙，而我們恰好穿梭空隙，雖然站在原地，卻闖進不同年代，就像時間齒輪一樣，不小心卡住了，往前往後推，時序就錯亂了，說不定科學更加發達之後，有辦法找到合理的公式來佐證。對妳來說，應該覺得很恐怖，我第一次碰到這種情況，也很害怕，可是一切都很真實，不但真實，還很清晰，清晰的程度，簡直讓人毛骨悚然……』

幸子看著謙田說話的樣子，陷入更加錯亂的幻覺深淵，幾乎要窒息，無法動彈。

『好吧，也許我應該這麼說，時間座標出了問題，我應該給妳一個比較清楚的線索，妳先準備一下，嗯，我是說，做好心理準備，勇敢一點。喔，或許不應該用「勇敢」這兩個字，而是……而是……』

幸子的眼睛睜得很大，瞳孔幾乎要吃下眼前閃爍其辭的謙田。

『準備好了嗎？那麼，我就明講了，現在是民國五十三年，西元一九六四年，明天就是端午了，妳的姑婆，張萃文，正在廚房包粽子，妳的姑丈公顏欣，三年前參選市議員落選之後，中風病逝了，而妳的舅舅，剛從火燒島服刑回來，他就在房內聽古典黑膠唱片……』

謙田如此解釋，並沒有讓幸子感覺平靜，即便她已經非常努力讓自己看起來勇敢一些，仍舊覺得謙田的說法非常荒謬。

『等等、等等等，你說，現在是民國五十三年？怎麼可能，我根本還沒出生！』

『沒錯，沒錯，妳還沒出生，妳只是不小心被我拉進來，拉進一個錯亂的時間磁軌中，當然，妳會懷疑這一切可能是幻覺，或者以為是我在搞鬼，我第一次碰到這種狀況，感覺也跟妳一樣，有一種……被時間玩弄的挫敗感！』

謙田的表情看起來很認真，也很誠懇，甚至，感覺不到誇張或欺瞞的玩笑成分，幸子突然很願意相信謙田的說法，相信他不是個刻意說謊的人。

『你說，第一次碰到這種狀況，也有被時間玩弄的挫敗感，那麼，第一次，是什麼時候？』

謙田似乎受到鼓舞，嘴角隱隱上揚，覺得幸子的提問，代表一種信任。

『第一次，嗯，第一次，西元一九四七，民國三十六年，那是我第一次發現時間空隙，那年發生什麼事情，妳應該不清楚吧？』

幸子搖搖頭，一九四七，對她來說，太遙遠了，何況她的歷史成績，一向都不出色。

『一九四七，終戰第三年，三月十一日，台北的天氣還有稍許涼意，我被逮捕了，逮捕的罪名到底是什麼，到現在還很困惑……』

謙田小聲嘆氣，停頓了兩秒鐘，『那天晚上，我和幾個大稻埕商人在某個藥商家裡碰面，大家還找寫真館師傅來拍照，之所以想要聚會拍照，是因為一個禮拜前，太平町天馬茶房附近，因為查緝私煙，警察開槍打死圍觀的路人，從台北城內開始，全島都跟著陷入緊張的官民對峙，許多人被抓，尤其知道大東信託的陳炘先生在那天凌晨被警察帶走，自己內心衝擊非常大，他是我景仰的前輩，以前在文化協會的夏季學校聽過他講課，他曾經在日本慶應義塾和美國哥倫比亞大學受教育，絕對稱得上是金融長才，時局亂成那樣，我們這群生意往來的朋友，難免恐懼擔憂，害怕往後即便想要相聚也不容易，於是相約餞別，拍照當時，大約是做好當成遺照的心理準備……』

『聽起來好像是二二八事件！』幸子說得毫無把握，畢竟，她對那段歷史，知道得不多。

『原來已經有了「二二八事件」這種說法，這倒有趣……』謙田一邊苦笑，一邊無奈地搖頭，『當晚出席聚會的人，都是過去文化協會的舊識，大家對時局發展雖然憂心，卻束手無策，喝了酒之後，有人感慨憤怒，還有人低聲唱歌，邊唱邊哭。聚會結束之後，我一個人經過圓環，走到日新公學校的前一個路口，抬頭看天空月色，隱約感覺一輛大卡車靠近，幾個人迅速圍過來，我的眼睛馬上被蒙起來，雙手反綁，頭腳被外力拎著，扔上大卡車，我感覺有支槍托抵著右耳，卡車滿滿被捕的人，卻很安靜，靜得嚇人……車子似乎往東走，還沿路抓人，直到車子停下來，聽見水流聲，接著，響起刺耳的槍聲，還有重物摔落河面濺起的水聲……我感覺車上的人越來越少，猜想下一個槍響就該輪到我了吧，那瞬間，真的很不甘願，我不想死，不想死在春天暗夜的河邊，可是有人抓住我的胳臂，用力拉扯，我真的很生氣，想跟他們拚命，卻完全使不上力，他們踢我的膝蓋，捶我的腦袋，叫我跪下，我聽見子彈上膛，還有食指扣緊扳機的聲音，灼熱的槍口似乎在太陽穴附近。不知道是恐懼的極限還是憤怒的盡頭，我的腦袋一片空白，槍聲響起的瞬間，並沒有刺痛的感覺，反倒覺得那槍聲好遙遠，根本在另一個山頭，越飄越遠，越飄越遠……不知道過了多久，我睜開眼睛，沒有槍，沒有大卡車，沒有河流，也沒有墜入河面的屍體，我居然站在打狗港附近的媽祖宮廟埕，黃昏夕照下，有海港的鹹味。那時，我簡直嚇呆了……』

謙田沒有繼續往下說，因為他發現，幸子抓住他的手，指甲深深陷入他的肌膚紋路，掐出五個暗赭色的印記……

5

『那是我第一次穿梭時間空隙，回到一九二六年，當時我十八歲，正在打狗新濱町光華眼科當學徒……』

『打狗？』

『嗯，Ta-Ka-O，後來改了文雅的寫法，叫做「高雄」。我是出生在打狗哨船頭的小孩，旗津公學校畢業之後，做一陣子童工，後來在遠房親戚介紹之下，去了光華眼科當學徒。光華眼科是張萃文二哥張席祺的診所，張席祺先生幼年在神戶讀小學，後來考上「庚子賠款」公費生資格，先去東京正則高校讀書，畢業之後，進入千葉醫專習醫，原本學成打算到中國上海開業，短暫返回打狗探親，卻被台灣華僑總會留下來，在新濱町開設了高雄第一家西醫專門眼科，還招了九個學徒，我就是其中之一，張萃文的夫婿顏欣也是，我們白天上課，夜裡還要實習。張先生教學嚴格，醫生娘是日本人，卻穿台灣衫，說台灣話，他們是自由戀愛結婚的，為了婚姻，還私奔，我看張先生一副書生模樣，正直拘謹，沒想到，做這麼浪漫的事情！』

『張先生……張席祺，既然是姑婆張萃文的二哥，那麼，推算起來，應該是我媽的二叔了！嗯，小時候聽外婆說過，是個有學問的人，後來當了上海醫學院校長，死後還覆蓋共產黨黨旗，你說的張先生，應該是他吧？』幸子把她僅有的家族記憶，全部掏出來。

『沒錯，就是他，不過，據我所知，不是上海醫學院校長，而是東南醫學院教授。戰爭期間，位在上海真如地區的東南醫學院遭到轟炸，幾乎全毀，後來學校遷往安徽復校，成立安徽醫科大學，那是光復後的事情，那時，我已經返回台灣了，後幾年的變遷，我不是很清楚，要是有機會的話，也許我可以利用時間軌道，去安徽探視張先生，他是中國眼科權威，寫了第一本中國眼科學和眼底圖譜，他的學生後來開業，都用「光華診所」為名。如果我沒記錯的話，他一直是台灣籍，沒有改變，就好像我們這批人，也一樣……我們這批人，唉，也許生得太早，也許生得太遲，遇到最不好的時代，那個年頭談理想、談犧牲，都不是浪漫的英雄行徑，可都要拿生命來換的啊！』謙田突然靜下來，心頭好似蒙上一層灰，眼睛濕濕的，像懸掛在灰色天空的兩顆沉默星子。

『我真的沒有想到，一九四七年的台北河邊槍響，居然讓我重新回到十八歲那年的黃昏，相隔二十一年，岸邊暮色與空氣浮動的感覺，一模一樣……』

幸子突然不知道如何拿捏問話的力道，畢竟，那是從死亡關頭抽離的生命，以幸子的年紀與閱歷，都不容易體會，不過，能夠躲過二二八槍響而重新彈射回到過往十八歲的生命場景，說真的，幸子還是覺得非常荒唐。

『回到二十一年前的新濱町，站在媽祖廟前方，難道所有過程，都要重來一遍嗎？也就是說，你又重新活了一遍？』

謙田搖搖頭，『那個時候，我雖然站在熟悉的生命場景，一時之間還是沒辦法迅速反應過來，我仍舊不斷發抖，甚至伸手觸摸兩側太陽穴，確定沒有子彈燒灼的痕跡之後，才勇敢向四面張望。遠遠看見旗津公學校的操場上，有人正在打野球，我才想起，十八歲那年，公學校的日籍老師確實開始教學生打球，我們這群畢業生偶爾也加入野球團練習，幾年之後，旗津公學校還拿到全島少年野球大賽冠軍。那個黃昏，我被一個高飛球打中額頭的事情，記憶深刻，重新站在那裡，還沒弄清楚狀況，一顆球就朝我飛來，也許是本能反應，或許是未卜先知，也沒有想太多，猛然往左撲倒，那顆球就落在我身後。當時我只覺得逃過一劫，急急往新濱町街道小跑步離開，回到診所的時候，看見張席祺先生站在門前跟人寒暄，那人叫做江寧靜，他是共產黨員，為了躲避蔣介石在中國沿海一帶的清黨屠殺，從廣東流亡到台灣，他的身分原是機密，幾年之後才得到證實，但我是死而復活，重來一遍，許多事情變得清楚不過了。他們見到我，並沒有詫異的表情，一切都跟過往發生的事情一模一樣，我才開始懷疑，重來一遍，到底有沒有辦法改變既成的事實，當時並沒有十足把握，只是小心翼翼，仔細應對，完全不知道什麼時候，又會重新回到槍口對準太陽穴的前一瞬，我不希望失去生命的恐懼重來一遍，然而，就在那短暫幾分鐘之間，我又被時間軌道拉扯回去，從此之後，我就在時間碎片之中，不停跳躍流浪，我不斷回到過去，不斷重新經歷許多既成事實的生活枝節，不過，除了那次躲過高飛球襲擊的經驗之外，我不敢改變什麼，因為我害怕回到生命終結的那個場景，雙眼被蒙住，槍口抵著太陽穴，太恐怖了，我一點都不想回去……』

『所以，你一直回到過去，不斷跳躍？』幸子開始從謙田的話語之中尋找破綻，她的腦袋漸漸清晰，甚至，燃起一股挑戰荒唐的鬥志。

『沒錯，一開始是這樣的，我被迫將不斷重複回溯的命運交給時間之神主宰，一點反抗的勇氣都沒有，後來我真的很疲累，雖然，過去生命的某些片段，有許多美好的養分在其中，可是既然知道最後將躲不過那顆穿越太陽穴的子彈，就會覺得很洩氣，於是，我開始想要對抗，因為對抗的氣勢出現了，思緒就變得異常清朗，我想起那顆擦身而過的高飛球，剎那間，恍然大悟，原來重新來過，某些事情是可以改變的啊！』

『所以，你改變了什麼嗎？』幸子的情緒被挑起，很想知道答案。

『嗯，如果換成是妳，妳會想要改變什麼？』

『如果是我……如果是我的話，應該會在逮捕事件發生當晚，選擇不參加那場聚會，或者，聚會結束之後，不走同樣的路線，說不定，就能因此躲過逮捕與子彈！』幸子興奮莫名，語氣越來越激動，跟著謙田敘事的腳本演出，而且入戲甚深，完全忘了荒唐與否。

謙田笑了，仰著頭，看著爬滿竹籬笆的朝顏花。

幸子發現他的笑容之中，隱約透露沮喪的無力感。

『是啊，我也是這麼想，只要想辦法回到那個夜晚，回到那個時間點，挑選另一條返家的路，說不定就有辦法扭轉恐怖的命運死局。換成任何人，應該都會這麼盤算吧！』

『所以，成功了嗎？』

謙田搖搖頭，『沒有，沒有成功。』

『沒有成功？你的意思是說，就算你改變回家的路線，還是被抓？』幸子顯得有點急躁。

『不是這個意思……唉……』謙田對於幸子的急躁，反而有點辭窮，鼻頭都冒出細小的汗珠，又見他掏出口袋裡的手帕，用力抿一下鼻頭。

『嗯，應該這麼說，在付諸行動之前，我想，我必須先做好準備，包括，如何控制時間跳躍的幅度，如何弄清楚事情的來龍去脈，我不能冒失唐突回到那個夜晚，如果沒有準備妥當，我不知道還有沒有機會躲過子彈，妳懂嗎？』

幸子點點頭，『對喔，確實沒錯，冒冒失失回到那個時間點，似乎太危險了，畢竟不曉得有沒有重複嘗試的機會，至少，要弄清楚逮捕的路線，逮捕的理由，發動逮捕的單位，好好佈局，才有機會成功逃脫啊！』

『是啊，我也這麼想，於是我花了一些工夫練習，精準拿捏切入的時間點，甚至想辦法拉長在同一個時間區段停留的長度。別以為人類什麼都行，面對時間，就是禁不起虛擲，禁不起貪心，我花費相當多力氣去調整適應，漸漸地，我掌握箇中訣竅，現在，呵，可以這麼說，我甚至有那種隨心所欲、穿梭自如的功夫，甚至，超越之前只能往回跳的定律，開始超越死亡的一九四七年，向未來降落。這麼說，似乎有點炫耀的意味，不過，我是下過苦功的，否則，我不會有機會見到妳！』

『見到我？哈哈，對你來說，我真是個活在未來的人喔！』幸子忍不住笑出來。

謙田似乎有點靦腆，手掌開始不知所措地來回搓揉，還拍拍自己的後腦勺，看起來有點滑稽。

兩人有世代隔閡，謙田活在戰亂歲月，幸子生於太平年間，時間錯亂碰撞，相較之下，謙田雖然忐忑，但幸子也不是全然安心，何況她還是被莫名其妙牽扯進時光隧道的人，能夠如此妥協安靜，也不曉得是不是前世今生的緣分使然，這讓謙田與幸子兩人，都覺得不可思議。

『為什麼是我？』幸子單手撐著下顎，『我的意思是說，為什麼找我？』

『關於這點……』謙田嘴角浮現神祕的笑意，『我曾經出現在妳十歲那年的夏天，站在診所外頭，看見妳和萃文撐著洋傘，步行到水仙宮市場買菜，我一路跟著，見妳們彎身挑選虱目魚，挑選漂浮在大水桶裡面的豆芽菜，有說有笑，妳還拚命踮起腳尖，拿手帕幫姑婆擦汗。』

『嗯，我記得那天，回程的時候，下了一陣大雨，我跟姑婆去吃綠豆米苔目，還買了一袋醃芭樂，等到雨停了，才走路回家……原來，你一路跟蹤啊，真是鬼鬼祟祟！』

『是啊，是鬼鬼祟祟，我跟在妳們後面，不敢與萃文相認，心裡卻想著，要是有這樣的女兒，也穿著綠色格子小洋裝，梳兩條辮子，走路一蹦一跳，多好！』

『哈哈，所以，你早就認識我囉！』

『嗯，認識妳了！於是想看看小女孩長大的模樣，沒料到，竟是在萃文告別式的場合，看到妳站在榕樹下發呆，我拿著奠儀，與妳攀談，隨意撒謊，說要去趕船……』

『可是，奠儀卻不是留下你自己的姓名，而是江寧靜與莊禎祥，為什麼？』

謙田搔搔頭髮，欲言又止，猶豫了半天，終於開口。

『我以前跟他們兩人在泉州的時候，玩四色牌對賭，輸了錢，後來戰亂離散，根本還不了債，只好臨機一動，用他們兩人名義包了奠儀，也算償債。想想，確實荒唐離譜，不知道他們介不介意？』

幸子覺得有趣極了，苦思許久的疑惑，原來這麼簡單，竟然是償還前世積欠的賭債。

正午的豔陽突然被一片雲層遮擋，幸子把雙腳拉直，伸了懶腰，才想起自己身上，其實穿著姑婆的舊衣服，也才想起來，姑婆跟舅舅應該還在屋內，這時候是民國五十三年，西元一九六四年，她還未出生，根本是個不存在的人。

『等等，這當中還是有問題，你練就穿越時空的本事，可是我沒有啊，我是普通人，而且是活在未來的人，為什麼有辦法來到這個年代呢？萬一，我回不去，怎麼辦呢？糟了，我還有這兩個月的統一發票還沒有對獎呢，明天是日劇完結篇，下禮拜要交研究報告，還有，還有，窗台上的鐵線蕨，也要澆水啊……』幸子發現狀況有點討厭，開始焦慮地跺腳。

『喔，妳別著急，別著急，我來解釋一下。』謙田看見幸子跺腳的樣子，也跟著緊張起來，表情看起來有些愧疚。

『妳應該記得，昨天晚上，發生一件奇怪的事情，』謙田拾起院子一根樹枝，在沙地寫下兩個數字，『13：3』，然後將兩個數字圈起來，『記得嗎？這兩個數字，有沒有印象？』

幸子隨即知道謙田的意思，原來，那場比數錯亂的棒球賽，是他搞的鬼。

『也不是我將比數動了手腳，而是我第一次把妳帶進實驗計畫，也就是把未來的人，拉進時光軌道，看看有沒有辦法安全來去。在這之前，我做過類似的測試，帶了一隻活在一九五四年台灣淡水的小狗，回到一九三〇年的廈門街頭散步曬太陽。我很驚訝自己居然可以變成時間旅行的嚮導，我體內的特異能力，可以短暫複製在同行伙伴的身上，這讓我信心倍增，可是仍舊要謹慎行事，畢竟，小狗到了什麼時代，都能快活自在，人類就不同，各個時代，有各個時代的身段和腦袋，倘若把妳帶往過去，卻沒辦法送回未來，不僅冒險，還很殘忍，還好那幾秒間的時光跳躍，看起來沒有什麼問題，只是根據經驗，妳在時間軌道穿梭的極限，說不定只有一個小時，或更短，所以，』謙田低頭看了一下手錶，『如果計算精確的話，妳可能在二十分鐘之後，會回到未來，我必須等到十二小時過後才能離開，我會重新找尋合適的時間磁場跟妳會合。』

『咦，為什麼是十二小時？』

『我們屬於不同時代的人，可以在時間軌道停留的時間不同，妳向過去借時間，我向未來借時間，也就是說，妳向前世借時間，我向來世借時間，向前世借時間，只有一個小時，向來世借時間，則有十二個小時，呵，跟這些朝顏花一樣，清晨開花，夜晚凋謝！』

幸子突然著急莫名，好像倒數二十分鐘的滴答聲響，變得很急迫。

『那、那、那、怎麼辦呢？再過二十分鐘，我就要回到未來了，你呢？你留在這裡嗎？留在一九六四年的端午節嗎？』

這時，聽到屋內傳來腳步聲，然後是萃文姑婆和世泓舅舅的交談聲，幸子嚇了一跳，趕緊掐住謙田的手臂，『糟了，姑婆來了，她看到我，會不會很驚訝啊？我怎麼跟她解釋呢？我根本還沒出生，怎麼辦呢？』

幸子才說完，就聽到拉門的聲音，萃文姑婆穿著黃色碎花連身旗袍，腰間繫著深紅色圍裙，從屋內探出頭來，看見謙田，還發現躲在謙田身後、掐著謙田手臂的幸子。

『哎喲，謙田，你怎麼在這裡？這位小姐，是你的朋友嗎？快進來啊，一起吃粽！』萃文姑婆笑得很開心，還伸手拉幸子。

幸子看著謙田，拚命皺眉，兩邊眉毛都擠在一起了。

謙田輕咳兩聲，『嗯，嫂子，不好意思，事先也沒跟妳說。』他向幸子使了眼色，示意她不要說話。

萃文姑婆雙手搓了搓圍裙，『呵呵，沒關係，粽子很多，吃不完。進來啊，我還烤了魷魚呢！』

這時，萃文姑婆突然緊盯著幸子的裙子，『咦，我記得我也有一件同樣花色的舊裙子，是在大菜市布莊剪的布，找總趕宮附近的阿咪裁縫做的，真的耶，一模一樣！』

幸子心想，沒錯啦，就是姑婆妳的裙子啊！但是謙田搶在幸子開口之前回答，『是啊，在大菜市布莊剪的布，找總趕宮旁邊的阿咪裁縫做的！』謙田偷偷對幸子眨眼，幸子馬上會意過來，索性跟著撒謊，『沒錯沒錯，是我媽年輕時候找阿咪裁縫做的，我偷偷借來穿，樣式很好看吧！』

姑婆沒有想太多，直說好看好看，隨即轉身在鞋櫃抽出兩雙拖鞋，『後面爐火還燒著，我去看一下，你們快進來，世泓在房裡聽曲盤，你們去陪陪他，他剛回來，熱鬧一些，比較好……』

這年，姑婆應該有六十歲了吧！她急急走向廚房，身子看起來還很靈活硬朗。

謙田和幸子站在玄關，屋內有古典音樂的旋律，謙田在她耳邊小聲提示，『妳舅舅世泓剛從火燒島服刑回來，我上一次穿梭時間軌道來到這裡的時候，恰好遇到他服刑期滿返家，他們見到我都嚇一跳，畢竟過了十幾年，根本沒有我的消息，我只好胡亂編了理由，說我那時倉卒搭船去了香港。我對妳舅舅被抓的原因也不是太清楚，那天晚上，草草聊了一些，看得出來，世泓變得小心翼翼，許多事情都閃爍其辭，我自己推估時間，他應該是我死後的第三年被抓的，那時，他還是台灣大學醫科學生，要說搞叛變也太生澀了，到底為什麼被捕，這時候肯定不方便說，到了未來，成為歷史，說不定就有史料留下來，這任務就交給妳了。』謙田低頭看錶，『還有幾秒鐘，妳要回到自己的時代了，我會想辦法找到恰當的時間點，再去找妳。』

謙田在幸子背後輕輕拍一下，將她往前推，那力道像一股電流，身體周遭彷彿揚起輕微的空氣漩渦，幸子被長廊吸了進去，被迫往前走了幾步，原本流竄在屋內的古典音樂旋律越來越稀疏，天井燒烤的魷魚氣味也漸漸淡去，一回頭，謙田已經不在了。

屋內恢復寧靜，木頭光澤褪去，幸子對於穿梭時空的一個小時，開始產生迷惑與違和感，只好捏捏自己的手臂，疼痛感如此真實，沒理由是幻想啊！

緩緩走在老屋的長廊，經過舅舅看診的房間，再經過磨石子地板的廚房，幸子推開後院紗門，姑婆並沒有身穿黃色碎花連身旗袍在那裡炊煮粽子，她已經離開了，離開這一世，雖然幾分鐘前，幸子才跟六十歲的姑婆相遇，一切變得抽象迷離，簡直不可思議。

幸子走回姑婆的房間，除了窗邊的五斗櫃彷彿張口呼吸著，這屋內沒有任何生息，或任何證明剛剛這家人正準備過端午的節氣氛圍，證據都消失了。幸子開始感覺哆嗦，如果不是撞鬼，還有什麼可能呢？

換下姑婆年輕時期的衣裳，將老屋的鑰匙串從口袋裡掏出來，幸子突然很想打開五斗櫃右上層上鎖的小抽屜，她又一次拉扯小抽屜銅環，雖然有點鬆動，倘若要使勁拉扯也不是沒有機會靠蠻力得逞，可是這五斗櫃畢竟是姑婆生前心愛的家具，即便幸子很想打開抽屜，當真要強力破壞，內心還是有點顧忌，猶豫不決的時候，一鬆手，鑰匙串滾進五斗櫃下方，幸子蹲下來，伸手到櫃底夾縫裡搜尋，沒想到竟然把鑰匙串往深處推得更遠，只好整個人趴下來，歪斜著頭，透過層層蜘蛛網，確認鑰匙串的位置之後，再伸長手臂往櫃子底部深處摸索。

摸到鑰匙串的同時，幸子發現手掌關節碰觸到一個冰冷金屬狀的硬物，那硬物好像沒有固定住，前後搖晃，可是要直接扯下來，也不是那麼容易。櫃子下方滿佈蜘蛛網，光線又很暗，幸子突然想到，手電筒不正好派上用場嘛！

打開手電筒之後，櫃子下方好似燈火通明的祕密洞穴，手掌關節碰觸到的硬物，原來是一根被彎曲的鐵釘勾住的小鑰匙。

幸子藉助手電筒的光線，努力將小鑰匙慢慢對準鐵釘彎曲的弧度往外拉扯，試了幾次，終於順利將小鑰匙抽出來，約莫小指頭一半的長度，單薄且狹長，已經生鏽了，變成深赭色，彷彿一捏就要碎裂。

幸子把小鑰匙捧在手心，試圖用拇指與食指將小鑰匙捏起來的時候，還因為太過興奮而不斷顫抖，折騰好一陣子，才對準五斗櫃右上層的小抽屜鎖孔，順利插到底，往左扭轉，卡住了；往右扭轉，喀啦一聲，成功了。

拉出小抽屜，裡面有一個牛皮紙袋，紙袋內，是兩本日曆手帳，一本深藍，一本墨綠，皮質封面都出現泛白霉漬，想必年代都遠了。

屋外原本刺眼的正午陽光不見了，雲層變得很低，黑濛濛一片，遠處還響起悶雷，幸子心想午後雷陣雨可能快來了，非得在雨來之前離開不可，否則返家途中，就要淋成落湯雞了。

匆匆把抽屜內的牛皮紙袋與兩本手帳都收進背包裡，拉好姑婆房間的窗帘，關上房門，快步走到玄關，發現琥珀色髮簪掉落在玄關階梯上，順手撿起來，放進口袋裡。她回頭看了一下天井，牽牛花，喔，不，是『朝顏』，彷彿正對她眨眼，再加上一個意義深邃的微笑。

6

幸子回到家的時候，天空已經開始噴灑小雨絲，黏黏膩膩，渾身不自在。等她停好腳踏車，雨勢突然傾盆而下。南部午後的盛夏驟雨，向來都俐落豪邁無比，還好走得即時，否則困在姑婆的老屋內，等到天色暗下來，說不定嚇破膽。

家裡沒人。幸子打開冰箱，拎了一罐冰麥茶上樓，屋外雷雨交加，屋內光線黯淡，也只好點亮檯燈，把背包裡的牛皮紙袋與兩本手帳拿出來。幸子在心裡小聲跟天堂的姑婆報備，私自決定取走五斗櫃上層抽屜的私密文件，顯然還是失禮。

牛皮紙袋是台南市議會的公文封，應該是姑丈公顏欣生前的遺物，以前姑婆總說，『做官清廉，呷飯配鹽』，幼時不懂箇中含意，以為姑丈公吃飯配鹽，後來才知道，他七年議事問政，不收紅包不理關說，兩袖清風，過世之後，還要借錢來辦喪事，

抽出牛皮紙袋內的深藍色手帳，幸子才發現先前的猜測根本不對，那不是日曆手帳，而是直式書寫的筆記本，格式像老式信紙，有細細的紅色框線，紙張已經泛黃，筆跡看似墨水鋼筆，某些頁面已經受潮暈開，字跡潦草，但筆觸耿直蒼勁，看慣電腦輸出字體之後，再來看手寫字，

字字像藝術品，雖然閱讀起來有點吃力，打心底還是覺得敬佩。

幸子仰頭喝了半罐沁涼的冰麥茶，拉出藤椅，重新翻閱深藍色筆記本，約莫在第十頁左右，發現幾行字：

『生於尷尬而多難的一九二七年秋天，和那個時代的台灣人共有的痛與恨，以及深沉的遺憾，語言上可能都有共同的經驗，可是我們少了一種可以敘述自己遭遇的母語文字……』

一九二七年？

幸子拿出計算機，將年份加減，猜想這筆記本很有可能是舅舅世泓的筆跡。

翻了幾頁，看起來不像日記格式，反倒像雜記短文，橫寫直寫夾雜，有些像是醫學筆記，有些是難以理解的符號公式，還有雜亂塗鴉的短句，中文穿插日文，有些單字看似拉丁文或德文，對幸子來說，簡直是無法理解的火星文。

約莫翻閱三分之一頁面，發現一頁標題為『六月二十日』的短文：

『黃昏，匆忙吃過晚飯，心裡反覆盤算該如何度過這個漫漫長夜。距離期考只剩五天，只有精神科以報告一篇代替考試，報告已經交了，其實考試對我來說，已經不重要了。前天接到家裡寄過來的二百塊錢，把一百五十元交給大妹之後就想走了，情勢已經很明白，倘若不走，遲早要跟其他人一樣命運。不過走了，能逃去什麼地方呢？

牆上掛了朋友送的一串粽子，昨天是端午，今天早上一直躲在空無一人的大講堂看書，大熱天粽子不能放太久，本來很能吃，一天吃十個也沒問題，這幾天胃口差，吃不下。

打算今晚看完婦科與產科，算是第二次複習，小唐忽然來敲門，我先問他要不要吃粽子，他搖搖頭，我知道他心裡有話要說，穿了外衣跟他走到新公園。小唐說，這幾天，許多人被捕，一些人逃了，一些人不見了，他心裡也覺得有些莫名的恐懼與自危，好像去年發生的四六事件……

小唐是中學以來的朋友，一九四四年他去了日本讀書，終戰後返台，在工學院的成績非常好，他之所以自危的原因，我大約可以猜到，多半留日歸來的人，在戰後都聽了一些事情，看了社會主義色彩的書，他從日本帶了幾本「河上肇」的書回來，其實，那些書在大正昭和時代，讀書人大概人手一本，我自己也看馬克思與列寧的書，「河上肇」算小意思，我猜想，小唐是不會有事情的，他的興趣就是看書，拉小提琴，對政治只有理性的注視，沒有感性的參與，他太銳利、太傑出了，別人不敢動他。我告訴小唐，特高抓人當然會查書，最好事先把那些社會主義名稱的書燒掉，免得惹是非。

我們默默走了一段路，走到衡陽路的冰果店，各自叫一碗冰，談了朋友的消息，談了時局變化，如黃埔江和舟山列島的登陸艇集結，上海虹橋機場出現米格十五，等等。

走出冰果室，兩人從館前路走到中山南路，一直到醫學院附近，慢下腳步，我跟小唐說，在這裡告別吧，如果一切順利，三十日回南部，要是有人問起，就說我們今天談的內容是考完試以後去花蓮旅行的計畫，那裡有藍色的天，藍色的海，我想走一趟日本農民開拓的吉野村，聽說那裡種的米非常好吃。這些內容要記得啊，也許用得上。我像一個染了瘟疫而不知道會不會發病的人。走吧，我要回去準備考試了。

我一直站在原地，看他走到信義路，轉身看我，高高舉起右手揮別。看到他消失在信義路那頭，那背影真是寂寞。我從東門走回來，穿過圖書室旁邊的排球場，再繞過水泥地的老網球場回到東館二樓的學生宿舍，順利把婦科筆記看完，同房的室友已經睡了，我關了室內大燈，只留桌邊一盞小燈，看了一眼牆上的粽子，四周安靜，據說深夜兩點左右是最危險的時段，一定要在兩點鐘之前把產科筆記看完，看完之後，到哪裡避難，再想想了……』

幸子讀完這兩頁，內心好似壓了沉重大石頭，呼吸都覺得窘迫。

應該是舅舅的字跡沒錯，看來是醫學院的期考前夕，他跟朋友小唐告別，兩人似乎都遇到麻煩，但小唐的處境似乎單純些，至於文內提到『河上肇』的書，到底犯了什麼思想上的禁忌，幸子自然不會懂，倒是舅舅提到的衡陽路、館前路、中山南路、信義路，這些地方，幸子畢竟熟悉，自己當學生時，這些路都不知道來回走過多少遍，可是看見舅舅約莫二十歲青春當時的端午前後，心境如此蒼涼消極，那個深夜兩點鐘的危險時段，究竟發生什麼事情？

幸子幼時聽說舅舅被關在火燒島十六年，到底什麼原因被關，大人向來噤聲，不准談論，她覺得舅舅生性自由浪漫，幽默風趣，也不像小偷強盜或殺人兇手，為什麼抓去關，還關了十六年，即便心裡有疑惑，也不敢放膽追問，之後大家安穩度日，不再談論過往舊事，就這麼平平順順，成為默契，誰也不提，不說，不解釋，不擱在心上。

為什麼被捕？是啊，為什麼被捕，謙田也想知道啊！

窗外雨勢毫無歇止的跡象，幸子翻開筆記本下一頁，大半頁面受潮，字體都糊掉了，隱約看到幾行字。

『宣誓那天，我跟上級幹部有過一番爭執，也沒有經過地下黨規定的三個月候補期，理論上，不算正式黨員，宣誓之後也只跟自稱「老朱」的楊廷椅見過兩次面……』

其他字體都受潮模糊不成形，雖然盡量從上下語意的關連性猜測推想，還是無法湊成完整句子，幸子隨手拿了便條紙，寫下『楊廷椅』三個字，然後繼續翻下一頁。

『這種情況是有生以來第一遭，生死關頭，也不敢找身邊的人商量，於是失眠、焦慮、胃痛、偏頭痛相繼而來，白天要上課，晚上紅色吉普車逮人的風聲聽多了，最好躲開晚上十二點鐘到清晨四點鐘的時間，盡量不在自己的房間，只能在外面四處躲藏。我曾經預演脫逃路線，往東的走廊盡頭有一扇廢棄的門，外面有一條排水管，足夠我溜下去，排水管旁邊的老舊鐵絲網有個破洞，足夠一個人鑽出去。東館宿舍旁邊有座小木屋，早就破舊失修了，我在裡面藏了一個小背包，有舊衣舊鞋和行軍水壺，如果可以跑到杭州南路就算成功了，我試過兩次，機會有五成以上，先決條件是要能分辨門外的腳步聲……』

字跡到此，後頭的頁面空白，六月二十日之後，沒有下文。

另一本墨綠色本子，幾乎全部以日文書寫，當中夾雜拉丁文德文或不知名的文字，還有許多眼底與眼球結構圖，年代看起來似乎更久遠，紙質濕軟，翻書力道必須謹慎拿捏，感覺紙纖維隨時會在空氣中分解。

應該是姑丈公顏欣的字跡吧！聽謙田說，他們一起在打狗新濱町光華眼科診所當學徒，幸子心想，要是謙田在身邊，這墨綠本子應該可以交由他解讀。即便心裡這麼盤算，另一個想法卻同時浮現，尤其在驟雨不休的午後，如離奇夢境猛然甦醒的瞬間，很難將正午跟謙田相遇的情節合理化，倘若把時間再往前推，姑婆告別式那天見到的謙田，又更難驗證其存在的真實性，好像剛剛看完一場電影，偌大幽暗的戲院中，看戲的人不小心跑到銀幕中，又不著痕跡回到座位上，一切就變得那般超寫實，簡直不可思議。

幸子站起來，一口氣喝光整罐冰麥茶，然後拿著空罐輕輕敲擊腦袋，像敲擊汁液枯竭的小玉西瓜。

她是個多夢的人，每晚幾乎都做夢，每每在夢境中，遭遇討厭或危險的情境，就奮力提醒自己，這是夢，這是夢。往往在驚險的瞬間清醒過來，大有鬆了一口氣或僥倖逃過一劫的慶幸與安心，現在約莫是這種強烈企圖，幸子拍打腦袋，再努力提醒自己，隱隱約約，懵懵懂懂，那一趟穿梭時空去了一九六四年的證據也就變得薄弱，變得虛渺，可是那時姑婆穿著碎花旗袍在老屋門前微笑寒暄的模樣又那般清晰，天井還烤著魷魚呢，難不成，一切都是假性快波睡眠來不及抽離的夢境？

幸子走到窗邊，屋外雨勢依舊，還夾雜雷聲閃電，她伸手摸到口袋裡的琥珀色髮簪，前一秒鐘努力掙脫夢境的企圖，霎時退散殆盡，那髮簪握在手中的感覺太真實了，彷彿跟謙田相遇，以及返回一九六四年的一切，投射委身在髮簪堅硬扎實的觸感之中，根本不可能是幻覺或夢境，何況謙田說好要碰面的，在那之前，必須把舅舅被捕的原因找出來。沒錯啊，匆促離開時，是這麼說定的啊！

幸子回到書桌前方，打開電腦主機，看著液晶螢幕，無意識瀏覽一些網站，突然之間，她想到一個好方法，隨即在Google搜尋引擎輸入舅舅的名字，不到兩秒，網頁呈現五十二筆資料，有某某運動會紀錄保持人，有某某補習班名師，還有某某抽獎活動頭獎得主，剔除不相干的資料之後，也只有一筆跟舅舅的身分背景相符，那是他曾經服務過的貧民醫院內科門診醫師名單，除此之外，沒有別的訊息可供參考。

原本以為網路搜尋引擎無所不能，但是對舊時代舊人物而言，還是有盲點。

有點洩氣，悻悻然。

這時，瞥見桌面上的便條紙，之前隨手寫下『楊廷椅』三個字，這時好像變成埋伏在暗處的提示，幸子順手敲擊鍵盤，交給網路搜尋引擎尋找。也許是名字太特殊了，第一筆出現的訊息，顯然就是舅舅筆記本裡，那位自稱『老朱』的楊廷椅。

『一九五〇年五月十日，國防部保密局破獲專門從事學運工作的地下黨組織，被逮捕的教員與學生人數將近五十人，負責人李水井，任教台北開南商職，他與其他十位同案，於一九五〇年十一月二十九日，押往馬場町刑場槍決，同案包括……楊廷椅，二十五歲，新竹市人……』

沒錯，應該就是他了。幸子很篤定。

7

北上自強號列車行經竹南車站時，幸子剛好醒過來，沿著鐵道左側的海邊巨型發電風車一字排開，這天風大，遠遠望去，風車像滾動的陀螺軍團，在天空劃下熱鬧的紋路。

列車抵達台北車站之後，幸子直接經由捷運連結通道，轉搭開往南勢角的列車，在『永安市場站』下車，仔細研究站內牆上的路線圖。幸子確定好方位，走出車站之後，穿越捷運站旁的大型建築工地，行經幾幢高樓的地下車庫入口，眼前突然出現幅員開闊的綠地，綠地中央有座造型清透簡潔如積木般的建築。沒錯，就是這裡，中央圖書館台灣分館。

幸子透過網路查詢，知道這座圖書館的前身是大正四年成立的台灣總督府圖書館，雖然位於總督府附近的原址毀於戰火，在台北市區內幾度遷徙，最後落腳中和的綠地公園，據說這裡有相當珍貴的歷史館藏，尤其是日據時代的資料，不管是新聞報紙還是官方文件，都經由恆溫恆濕的專業收藏空間小心保存，幸子當機立斷，無論如何，都要親自來一趟。

在一樓櫃台辦好閱覽證件之後，幸子經由館內電腦網路查詢，約略按照年份，將需要索閱的資料編號先抄寫下來，有些文件列為特殊封存，必須透過事先申請才能閱讀，幸子於是決定從開架式的書類查起。搭乘電梯到達六樓台灣資料中心的時候，除了櫃台的圖書館員之外，面窗的座位空無一人，空間瀰漫著紙張與空氣交互擁抱的特殊氣味，那種超脫歷史座標的靜謐氛圍相當奇特，好像隨時都會從書頁之中，走出各個年代、不同裝扮的古人。

從哪裡找起呢？

幸子站在羅列的書櫃走道上，突然有點困惑，到底要從舅舅被捕的事件找起？還是從謙田與張邦傑的相關時點著手？似乎陷入兩難。

索性沿著書櫃走道踱步，瀏覽架上書冊，輕輕撫摸那些經過年歲洗滌的紙纖維紋路，陽光恰好穿透大片落地窗，在地板烙下滾燙的光澤，幸子彷彿受到某種莫名的召喚，突然在走道轉彎處停下來，左側一整列書冊，引起她的注意。

《白色恐怖黑暗時代》、《白色恐怖受害者自述》、《消失的台灣醫界良心》、《白色恐怖受難者手記》……

除了這些付梓成冊的出版品之外，還有一些人權協會印製的資料，幸子找來館內提供的小推車，把那些書冊資料堆成一疊，推到落地窗前的單人書桌旁，打開日光燈管，開始快速翻閱，希望找到舅舅的名字。

事件與人名，猶如不斷湧出來的歷史線索，幸子陷入紛亂的泥淖中，腦袋突然變得沉重無比，思考節奏跟著遲緩下來，那些刻印在書頁的文字，變成助眠的小藥丸，覺得眼皮好重，好睏。

心裡盤算，與其這樣吃力硬撐，還不如趴在桌上睡個爽快，頂多十分鐘，醒來必定神清氣爽，這種快速充電的捷徑，幸子是有把握的。

館內真是安靜，依稀聽見館員的腳步聲，還有中央空調風管的呼呼作響，恍惚之時，似乎被大正四年以來的館藏舊事圍繞著，大正四年，民國幾年呢？唉，好睏，先睡了。

不知道趴在桌上睡了多久，幸子隱約感覺有人站在身旁，很想抬頭瞧瞧，但是身體彷彿馱著千斤重物，就算意識下達指令，四肢卻完全無法動彈，鼻尖隱約嗅到淡淡的消毒藥水味，四周空氣也出現細微溫升，除了自己呼吸的律動之外，好像還有別人。

一睜眼，看見一雙黑色皮鞋出現在桌邊，猛一抬頭，還來不及反應，一隻手壓住她的手掌，幸子嚇了一跳，幾乎要尖叫出來，那人連忙出聲，『噓……』，幸子隨即把尖叫的企圖往回吞，再看清楚，是謙田，食指放在唇間，示意她小聲一點。

這時候，幸子完全醒過來了，前一刻的睡意，早已消失殆盡，她馬上察覺不對勁，原來應該在個人小書桌左側的大片落地窗不見了，變成一整排木頭外框、上下兩層對稱的狹長窗戶，小書桌也變成木頭長條桌，附有滾輪的人體工學椅變成低矮的手工藤椅，牆上有橢圓形的老式掛鐘，天花板挖空半圓嵌入長型吊燈，館內書籍資料擁擠堆疊，完全不是之前井然有序的模樣。

謙田搬了一張椅子坐下，吸了吸鼻子，似乎有點傷風的跡象。

『妳該不會又在懷疑，我是鬼吧？』

『是啊，我確實這麼想！』

謙田笑了，嘴邊的鬍髭，似乎多了點。

『上次妳離開之後，妳的姑婆，嗯，就是張萃文，還不斷指責我，為什麼不把妳留下來吃粽子。呵，其實當晚我也離開了，沒有跟他們告別，畢竟，我是一個從時間空隙鑽出來的人，究竟該用什麼姿態存在，連我自己都不清楚。事後想想也好笑，妳的姑婆跟舅舅，居然都沒有發現破綻，畢竟經過那麼多年，我應該變成老人了，倘若不是白髮，就該滿臉皺紋，齒牙動搖，背也該駝了。唉，離別跟相遇都太突然，這些細節，居然都不計較……』

謙田說話的語調，變得哀傷，還有往下消沉的無力感，不過他還是勉強擠出笑容，幸子覺得那笑容看起來更淒涼。

『所以，你離開一九六四之後，直接來到「現在」嗎？』幸子趕緊轉移話題。

『現在？妳確定是「現在」嗎？「現在」是什麼時候？妳確定嗎？』

有過上次短暫穿越時間軌道的經驗之後，幸子確實意識到周遭景象已經改變，正如謙田說的，她實在無法確定『現在』到底屬於『誰的現在』。

她轉身看看四周，不管是建築本體還是桌椅配備，都被時間惡作劇似地，動了乾坤挪移的手腳，肯定不是『現在』，不是『自己的現在』。

『莫非，我回到圖書館的前世，總督府圖書館，大正四年，沒錯吧？』

謙田笑出聲音來，『猜對一半，確實是總督府圖書館沒錯，這圖書館最早成立於大正三年，在艋舺清水祖師廟內設立臨時事務所，隔年六月，也就是大正四年，西元一九一四，才遷到總督府左後方的彩票局，不過，我們「現在」不是在大正四年，而是到了昭和年間，西元一九四五年，民國三十四年五月三十日，過了今晚，盟軍就要對台灣全島進行大轟炸，鐵道飯店、帝大附屬醫院、台灣總督府、還有這座圖書館，如果不是半毀，就是夷為平地……』

『全島大轟炸？那，怎麼辦？台北人口這麼多，怎麼逃啊？』

『去年日本政府已經發佈「稠密都市住民疏散要綱」了，包括台北、基隆、台南、高雄幾個大都市的人口，都疏散到鄉間了。經歷這場轟炸，日本很快就會在八月中旬宣佈無條件投降，這一年，我是親身經歷過的，到了九月初，國民政府第一批接收人員就會搭飛機抵達松山機場，張邦傑是第二批，就是妳姑婆張萃文的三哥，妳應該喊他叔公，他是前進指揮所的重要人物，擔任行政長官公署祕書，是官位最高的台籍人士。而我的眼科老師，也就是張邦傑的二哥張席祺，會返台擔任行政長官公署參議。他們兄弟幾人都是抗戰之前就去了大陸的台籍人士，按照光復之後的說法，叫做「半山」，可是，席祺先生很快就選擇離開台灣，我知道某部分原因是他的身分，如果我沒猜錯的話，那時他已經是共產黨員了。抗戰時期，我曾經離開廈門前去上海，張先生讓我在診所幫忙過一陣子，我見過毛澤東的妻子來治療眼疾，上海光華眼科在靜安寺附近，那時，他忙著東南醫學院的教學，不過共產黨員的身分，還是沒有曝光。』

『半山？這說法有趣，那你也算半山吧？』

『是啊，我們這批半山，戰前說台灣話，讀日本書，習醫的過程又懂得一點德文與拉丁文。我是一九二九年隨張席祺先生去了廈門，他們幾個兄弟都是因為反對日本政府而被日警通緝，才決定離開台灣的，據說要是返台，就要被日本巡察抓去槍斃。我是小人物，無所謂，來來去去，懂日文，又學了北京話，台灣光復後，多了一項本事，充當中國官員的通譯，那時候，這些聽不懂台灣話的人，叫「阿山」，內山來的，好遙遠生疏的感覺。有南京來的官員問我，聽說台灣人每天都洗澡，是真是假啊？哈哈，那時候，市況一團亂，就算有眼科醫師的技術，一下子也開不了業，我就在大稻埕做起藥材生意，經常搭船來往台灣海峽，本以為就這麼太平下去……』

謙田用力扳手指，喀喀聲響，很刺耳。

『我心裡知道，張先生他們幾個兄弟的立場不同，有忠於國民黨蔣介石的，有跟隨共產黨毛澤東的，有主張台灣獨立的，還有串連日本反戰勢力搞情報的。妳外公排行老大，生意手腕很好，十幾歲未成年就掌管高雄旗後哨船頭的船頭行，擁有好幾艘船，是船頭行有名的少東，不過他生性多情浪漫，人又長得瀟灑倜儻，對政治根本不熱中，賺錢倒有興趣，以前聽他二弟席祺先生說過，兄弟幾人跟台北太平町「大安醫院」的醫生蔣渭水在孫總理逝世紀念會相識，其他人加入蔣渭水的文化協會，獨有老大愛上蓬萊閣酒樓的紅牌藝妲，還花了大筆錢幫她贖身，娶回家當妾，那藝妲叫做玉梅，我在廈門五條巷的宅院見過一次，五官細緻，鼻子很挺，是個美人胚，愛唱南管小曲，歌聲相當悅耳，不久卻跟大房太太一樣染上瘧疾過世，真是紅顏薄命。後來妳外公又娶了台灣來的女子，就是妳外婆！』

外公外婆的事情，幸子倒是第一次聽講，對於外公多情浪漫又多金的身世，隱隱浮現愛慕的憧憬。

眼見幸子沒說話，謙田好像有點自責，『不好意思，胡亂扯了一堆，沒什麼邏輯，我這麼提起你們家族的事情，沒有惡意的，再怎麼說，我也是跟著他們兄弟習醫，戰時還祕密跟著席祺先生的五弟做過一陣子情報工作，白天潛入日軍部隊當通譯，夜裡到上海光華眼科診所遞送情報，蒙著紗布躺在病床，佯裝病人，這件事情，我沒跟人說過，妳是第一個知道的，嗯，反正都過去了，應該沒什麼關係吧？』

幸子突然噗哧笑出聲音來，『當然沒關係啦，這種事情在戒嚴時代不能談，現在連總統都可以罵了，沒什麼不行的。你下次想辦法到「我的現在」來，我帶你去瞧瞧，以前國民黨跟共產黨鬧彆扭，蔣介石跟毛澤東兩個老人家賭氣，現在不同了，國民黨主席都跑到北京跟共產黨主席握手了，沒關係的，我跟你保證，沒關係的……』

『是啊，那就好！』

不知怎麼，謙田的神情突然黯淡下來，相對於幸子的興奮，他顯然有點落寞。

幸子覺得納悶，好像自己說了什麼不該說的話。

『你，怎麼了？我說錯什麼嗎？』

『喔，不是，我只是突然覺得，大家都白忙一場，包括我自己，還有席祺先生幾個兄弟，甚至包括妳舅舅，那個時代的許多人，都白忙一場……』

幸子隱約瞭解謙田的感受，即使只有皮毛，她還是能夠體會謙田的想法，確實落寞，沒錯。

『唉，看起來是白忙一場，尤其政黨輪替之後，國民黨執政五十年的優勢被打破了，突然冒出一個擅長街頭突襲戰的小老弟，我自己是沒什麼感覺啦，我老闆就不一樣，國民黨輸掉政權，他簡直氣炸了，還有……』

幸子原本打算繼續說下去，卻發現謙田的表情變得很奇怪，瞳孔放大，嘴巴變成大O字形，幾乎可以塞滿一顆茶葉蛋。

謙田突然伸手掐住幸子的胳臂，『妳說什麼？再說一次，妳說國民黨被打敗了，輸掉政權，這是怎麼回事？』

幸子縮著胳臂，痛得哇哇叫，『哎喲，這有什麼好驚訝的，就是國民黨被民進黨扳倒啦，總統換黨做。天啊，怎麼你的反應跟我的老闆一樣啊！有什麼關係呢，四年一次總統選舉，只要有機會，國民黨也可以逆轉獲勝啊，這就是民主，美國不也一樣，共和黨跟民主黨，輪流當老大，唉唉唉，不要再捏了，好痛……』

8

走出圖書館之後，街景生疏，幾乎是幸子無法辨識的陌生世界，唯一可供參考的座標，就是維持和現在總統府類似外觀的總督府建築。從總督府所在的方位判斷，這一帶應該是博愛路與寶慶路的交會點，只是街道冷清，偶有擦身而過的路人，大多行色匆匆，因為大都市人口疏散的政策已經發佈，幸子跟謙田走在路上，目標相當顯著，其實有點冒險。

行經一處廣場，廣場旁邊的建築，看起來很面熟，幸子楞了一下，馬上大聲驚呼，『是中山堂啊，是吧？』

謙田停下腳步，顯然被幸子的驚叫聲吸引過來，『沒錯，後來確實叫做「中山堂」，那是光復之後的事情，現在，嗯，我指的是，一九四五年，就是現在，這裡叫做「公會堂」，是為了紀念裕仁天皇登基而蓋的，順著公會堂廣場穿過前方那條路看過去，就是「古倫美亞」唱片公司，我們這一代迷戀女歌星「純純」跟「愛愛」，就是古倫美亞的紅牌，純純小姐在太平町有家咖啡館，我去過幾次，經常在那裡遇到慕名而來的歌迷，偷偷望著純純小姐，充滿愛慕之意，很有趣！』

幸子看著謙田指引的方向，隱約記得那附近該是屈臣氏或世運麵包的方位，謙田提及的古倫美亞唱片或紅牌歌星純純與愛愛，她完全沒有概念，倒是側邊一棟兩層樓建築，看起來很面熟，立面主體呈現簡潔的現代主義風格，屋頂卻加上繁複的花草浮塑，表現另一種華麗的巴洛克風味，山牆正中央是仿日本皇族家徽的四葉家紋圖案，下方則有一個造型特別的牛眼窗，一樓是西藥房，二樓兼作住家，大三那年在這附近做古蹟調查，曾經訪談過藥局老闆，據說是四代經營，新少東提過，樓房是日據時代留下來的，今昔對比，果然是有譜的，不是新少東隨意胡扯。

『沿著古倫美亞這條路往北走，就是「台北驛」，嗯，按照北平話的說法，叫做台北車站，鐵道這頭叫做「前驛」，另一頭叫做「後驛」，後驛跟太平町之間，有熱鬧點心攤集結的「圓環」。我們眼前這一帶是城內最熱鬧的「榮町」，左邊可以看到台灣第一家百貨公司「菊元商行」，五樓有食堂，可以吃西餐，六樓賣唱片，七樓頂有娛樂場，還有空中庭園可以眺望台北城，菊元大概是僅次於總督府的最高建築了，因為有七層樓，台北人說那裡是「七重天」，如果我沒記錯的話，台南的「林百貨」只晚「菊元」幾天開幕而已，兩家百貨店，都是時髦女性喜歡去購物的地方，就算不買東西，去搭流籠，也很過癮！』

『流籠？』

『嗯，流籠，後來叫做電梯吧！』

『真的啊，原來這麼早就出現這種科技產物，那時的台灣，過得很愜意嘛！』雖然街道很冷清，幸子心頭卻洋溢著闖入時光隧道的興奮感。

『妳看那邊，』謙田指著對街一棟三層樓建築，立面最上層浮雕英文字『Maiji』，一樓則是由右而左書寫漢字『明治製菓賣店』。

『這間是榮町最有名氣的咖啡店，生意非常好，我跟朋友常去那裡喝咖啡，邊聊天邊聽唱片。靠近表町一丁目還有一家「森永」，也是三層樓高，有冰淇淋，還有牛奶巧克力，大抵在日本流行的東西，台灣也跟上了。這一帶我還算熟，戰後國民政府接收之後，我充當通譯那段日子，經常在這附近出入，有時候也到公會堂開會。我們再往前走，就可以看到鐵道飯店了……』

對幸子來說，雖然周遭景觀都很生疏，可是從街道分佈的方位來判斷，他們確實往火車站的方向前進沒錯。她以前當學生的時候，也經常在火車站一帶鬼混，逛書店、買ＣＤ、吃漢堡、或蹺課去『公園號』買酸梅湯與蔥花餡餅，然後坐在新公園表演台的長椅吹風曬太陽。此時此刻，她走在街上，幾乎可以輕易想像前方有『星巴克』連鎖咖啡，轉角是『美體小舖』，過街是『麥當勞』，斜對面有一整排手機專賣店……

只是街廓構圖突然變成炭筆畫一般素樸，很難跟電音聲光五彩炫麗的現代鬧街互相對照。

走著走著，幸子對於腳底踩踏的土地，突然產生複雜的遐想，時空軌道對應地理磁場的關係，果然像極了糾纏不清的輪迴轉世，她盯著自己的鞋尖，就這麼一小點註記方位，擁有獨一無二可供辨識的經緯度，但時移事往，砂石、塵土、水泥、紅磚、柏油、腳印，循序掩埋曾經踩踏的證據，倘若定點不動，時序重整，不同年代的人，踩踏同一塊座標，卻對應不同的命運，如果有機會像她這般幸運，得以穿梭時空磁場，瞭解不同年代的快樂或苦衷，說不定才有機會知道自己過得其實不那麼糟糕。

頃刻間，幸子突然有所覺悟，絕對不能活得太敷衍啊！

而謙田站在一旁，卻嘆了一口氣，抬頭看著天空，不發一語。

兩人都不出聲，沿著冷清的街道緩緩踱步，拐彎之後，幸子對街景終於有了感覺，是新公園和博物館。新公園雖然各色花朵爭奇鬥豔，但是園內滿是壟起的黑色土丘，謙田說那些壟起的土丘是躲空襲警報的防空壕。新公園對街是『土地銀行』的老建築，可是謙田說，那裡叫做『勸業銀行』。新公園東側就是帝大醫院，與醫院相隔道路的另一邊，即是帝大醫科校門。

雖然是台北城內鬧區，可是騎樓靠街道的那一面，都用木板遮蔽，木板後方用土填滿，似乎是用來抵擋轟炸砲彈，幸子仰望身後的總督府，也用竹製的灰黑色幕簾遮掩，勸業銀行大樓也一樣，盡量模糊面容搞偽裝。整個鬧區灰撲撲的，像黑白默片，偶有穿木屐經過的路人，大多行色匆匆，瞧見幸子與謙田，還面露驚懼眼色。

來到車站前方，一幢宏偉華麗的建築，約莫位於現在的新光三越摩天大樓的位置，應該就是謙田所說的鐵道飯店，紅磚英式貴族典雅建築風格，窗櫺像藝術浮雕，建築前方有雕花鐵門圍牆，庭園綠意盎然，隱約還可看見玻璃窗內的挑高天花板與大型吊燈。

『是很貴的飯店吧？』幸子問。

『是啊，確實很貴，因為是總督府經營的官方飯店，也是台灣第一家洋式旅館，裡面使用的刀叉器皿咖啡杯，全部都是舶來品，甚至連廁所的瓷製馬桶也是從英國進口的，住一個晚上，大概要花掉一般專科畢業生的一個月薪水，平常人可是消費不起喔！可惜，過了今天晚上，這幢美麗的建築就要被炸毀，我們現在所看到的一切，都會遭受砲火狙擊，從表町這一帶，延伸到榮町那頭，許多建築物都會從我們現在看到的天空版圖裡消失，包括我們所站的這個地方，一磚一瓦都逃不掉……』

兩人並肩站在鐵道飯店對街的騎樓底下，仰望建築頂樓垂下的綠色藤蔓，長型窗戶向外延伸的花台，紅白磚瓦相間的圍牆與門柱，一切都那麼具象真實，然而此刻街廓如此寧靜，倘若時光按鈕就此撳下，會不會因此躲過幾個小時之後的轟炸呢？

與鐵道飯店相望的台北車站前方有個小廣場，廣場幾株椰子樹，從這邊望過去，車站建築像放大阪的積木拼圖，飽滿工藝匠氣，可是幸子如何回想，都記不得台北車站還未整建翻修前的老建築模樣，此刻想要比對，完全欠缺證據，沒辦法聯想在一起。

突然之間，幸子瞥見一部熟悉的二八七公車經過，公車後方還拖曳一道強烈閃光，她嚇了一跳，猛力搖晃腦袋，街景隨即恢復原狀，鐵道飯店仍舊矗立前方。她再用力眨眨眼，想要確認是不是自己眼花，可是剛才那部二八七公車的影像實在很清晰，而且是幸子很喜歡的低底盤大窗戶車型，她這才想起來，會不會是時間到了，她應該離開一九四五年的這一天了。

幸子拉扯謙田的衣袖，『我剛剛看到我那個時代的公車，是不是暗示，我應該回去未來，嗯，我是說，回到我的時代？』

謙田聽見幸子這麼說，緊張地看了一下手錶，『唉，糟了，都忘了時間，妳剛剛確實看到時間的破洞，沒錯，那就是一種暗示，無論如何，我們都應該趕快離開這裡，以我們兩個人的能力，肯定無法阻止全島大轟炸的發生。』他朝著方才走來的表町與榮町方向看了一眼，『這樣也好，算是最後的憑弔與告別吧！這些，應該都留不住了……』

聽謙田這麼說，幸子心頭更難過，雖然在她的時代，這一帶早就沒有戰火襲擊的痕跡了，甚至連戰爭的記憶都已經稀疏淡薄了，眼前應該是新光三越摩天大樓，根本沒有鐵道飯店曾經存在的證據，可是此時此刻如此近距離看著這座氣勢身段都十足典雅迷人的建築，想像幾個小時之後將夷為平地，還是覺得欷歔不捨。

幸子感覺眼眶濕潤，趕緊低下頭來，免得被謙田發現，就在她低頭的瞬間，聽見身後店舖傳來歌聲，居然是周杰倫的〈千里之外〉，雖然只有簡短兩個小節的旋律，隨即又消失淡去，周遭重新歸於寧靜，但是這次她弄懂了，時間破洞出現的頻率增加了，她必須趕緊跟謙田交代一些事情。

她從背包裡取出那兩本在姑婆的五斗櫃找到的記事本，將墨綠色本子交給謙田，『這本可能是眼科醫學筆記，大部分都是用日文書寫，你應該看得懂，如果沒猜錯，應該是張席祺先生授課的筆記，不知道還寫了些什麼，你幫忙讀一讀，至於……』

話還沒講完，幸子又聽到不遠處傳來３Ｃ賣場的廣播叫賣聲，感覺身體就要被時間軌道吸進去了，她連忙抓住謙田的手臂，『還有，記得，一定要記得，想辦法到舅舅被捕的那年，一九五〇年六月二十日，記住，千萬要記住這個日子，我們約在台大醫學院旁邊的網球場碰面，我在那裡等你，一定要來，我們要趕在保密局來抓人之前，把舅舅帶走……』

剎那間，幸子原本用力揪住的謙田手臂，像急速向外滑出去的滾輪，謙田的衣袖從指尖拂去，幸子看見自己的手掌停在半空中，四周是正午的台北站前鬧區，百貨公司前方有休旅車促銷活動，幾個穿著清涼的展場女郎正在勁歌熱舞，對街車站廣場有抗議靜坐人潮，兩部摩托車在她身旁擦撞倒地，機車騎士互相咒罵，誰也不道歉。

幸子看著百貨公司的超大型液晶螢幕，看著切割天空的摩天大樓稜線，很難想像幾秒鐘之前，她還跟謙田站在一起，為著即將消失於空襲戰火的鐵道飯店，感覺欷歔不捨……

9

隔天黃昏，幸子坐在台大醫學院旁邊的網球場，整整三個小時，並沒有等到謙田依約來相見。正確一點的說法，應該是謙田並沒有將她帶進時間軌道，回到一九五〇年。

她坐在網球場旁邊的花壇矮牆上，一邊晃著雙腳驅蚊，一邊看著台大醫院頂樓的紅色警示燈一閃一滅，夏夜晚風飄來下班車潮排放的廢氣，還有鄰近不知哪個小店正在油炸紅蔥頭的油膩香味，兩種濃烈刺鼻的氣味混雜在空氣中，無論如何，都讓人難以大口豪邁呼吸，不得不畏縮憋氣，一整個窘迫無奈。

球場旁邊的水銀燈四周，開始聚集大量焦慮飛竄的隱翅蟲，以前姑婆說過，這景象約莫是大雨即將到來的前兆，這讓幸子更加猶豫，到底該不該繼續等下去。

果不其然，幾分鐘之後，開始出現閃電雷聲，幸子又沒帶傘，只好急忙起身往捷運站的方向小跑步，在斑馬線前方等紅綠燈的時候，突然聽到有人在背後喊她的名字，喊聲似乎很用力，卻感覺距離很遙遠，又像隔著薄膜，可是幸子並不覺得耳鳴，那聲音為何擠壓變形，彷彿是異次元磁場飄來的餘音。

幸子回頭，發現兩個開南學院的學生站在身後，看起來不像是認識的人。過了馬路，沿著騎樓，經過兩家牛肉麵店，又聽到背後有人喊她名字，而且比剛才聽到的聲音還要清楚，正想回頭的時候，突然有人在她肩上用力拍了一下。

『幹嘛走這麼快，害我追了兩個路口，喘死了！』

是男人的聲音，喘得厲害。

幸子轉身，想了幾秒鐘，並不確定自己是不是認識這個人，只覺得對方講話的口音很熟悉，五官也有點印象，但要即刻喊出名字，或確認熟識與否，還真的有點為難。

對方並未察覺幸子的遲疑，繼續滔滔不絕說著，『妳還沒有過街的時候，我就開始喊妳的名字了，邊喊邊跑，路人都以為我是個瘋子，唉，我不管那麼多了，反正一定要追到妳！』

那人拿起手上的牛皮紙袋拚命搧風，看得出來，真的是滿頭大汗。

這下子，幸子變得尷尬無比，她確實想不起對方是誰，又怕真的是多年不見的朋友，倘若不表態，好像很失禮，只好支支吾吾，『嗯……你是那個……那個……』

那人突然拿著牛皮紙袋往幸子腦袋敲打，『什麼，妳忘了我是誰……我是謝直人啊，妳忘記啦？妳的學長啊！』

被牛皮紙袋一敲，幸子總算弄懂了，謝直人，沒錯，就是他，校友會的學長，醫學系，在學校是個怪人，不修邊幅，頭髮凌亂，經常穿短褲與夾腳涼鞋在校園遊蕩，有時候騎一台坐墊有破洞的腳踏車，聰明犀利，成績出色，雖然有時候古怪叛逆，但是幸子一直都尊稱他『直人學長』。

摸著腦袋，幸子笑得很心虛，不過，眼前的直人學長，確實跟以前的形象差很多，亂髮修剪成小平頭，穿著藍白橫紋棉衫和淺色西裝褲，腳穿咖啡色皮鞋，跟他以前的造型差太多了，難怪幸子認不出來。

『你怎麼變成這樣子？看起來非常規矩！』

直人學長摸摸下巴，很無奈的語氣，『沒辦法啊，現在要輪班門診，不能把病人嚇跑，還是規矩一點比較好！』

仔細想想，兩人確實有很多年沒見面了，何況直人學長的模樣實在跟記憶中的叛逆青年差距太大，幸子心想，就算認不出來，也沒什麼好尷尬的。

『妳在網球場等人嗎？我從三樓研究室的窗戶看出去，發現那個人很像妳，跟以前一樣，喜歡晃著雙腿，還喜歡抬頭看天空發呆，我猜想是妳，可是又不確定，離開辦公室之前，還特意到窗口確認一下，發現妳還在，原本打算到網球場找妳，才走下樓，就看到妳小跑步過馬路，喊了好幾次妳的名字，理都不理，那時還懷疑，是不是認錯人了。』直人學長搔搔腦袋，『妳知道的，認錯人很糗耶！年紀大了，臉皮比較薄，哈哈！』

幸子聽著學長說話，直覺歲月真的讓人妥協溫和，以前學長在校內曾經是行動派的激進分子，衝撞不合理的體制，對抗惡質的權力壓榨，寫文章批判學生會組織，有一度還串連其他學校發動抗爭。那時幸子才大一，膽子很小，有一次經過校園，見到學長跟人爭辯，面紅耳赤，眼看就要幹架，她低頭偽裝不相識，想要默默躲進樹叢裡，學長瞧見了，大喊一聲，『學妹，妳在幹嘛？』嚇得幸子魂魄都飛了，可是那晚直人學長還是請她到新生南路的『台一』吃冰，爽爽朗朗，彷彿剛才與人爭辯，根本不算什麼。

而今看到直人學長十足公務人員裝扮的模樣，幸子忍不住發噱，想笑。

『走吧，我請妳吃牛肉麵！』

相隔十幾年了，那口氣與氣概，還跟當年請她吃冰一樣，爽爽朗朗。

吃完牛肉麵，恰好躲過一場傾盆大雨，雨後的空氣濕涼，直人學長提議到網球場散步聊天，走著走著，幸子突然想起，要是這時謙田出現了，怎麼辦？

這幾天發生的種種，幸子從來沒跟人提過，除了與姊姊蘭子、舅舅世泓討論過謙田送來奠儀的事情之外，兩度穿越時間軌道回到過去的奇特經歷，誰也沒說，幸子其實自己也很懷疑，那兩段迷離卻又清晰莫名的時光旅行，到底是不是真的？

她默默看著直人學長，突然有股衝動，想開口跟他提這件事情。

『學長，我想問你一件事情，可以嗎？』

『喔，這麼巧，我也正想問妳一件事情！』

『什麼事情？你先問好囉，我想問的事情，比較複雜，等一下再說。』

『好吧，那我先問了！其實也不是什麼重要的事情，上個月，院內舉辦一次聚會，邀請那些退休的老醫師回來校園敘舊，每科都要派兩位醫師去支援接待工作。那天，我恰好沒有排門診，就自願去支援，原本以為站在會場負責帶路就好，沒想到老醫師們太熱情了，硬拉著我們去吃晚餐，就在校友會館二樓的餐廳，吃大圓桌合菜，我們那桌，有一位心臟科名醫，他的開刀技術，可以說是後輩的教科書範本，還有一位毒物權威，長得像日本幕府時代的武士，他們的名字，早就在醫學院流傳很久，沒想到近距離同桌，感覺真夢幻，呵呵！』

直人學長自己笑得很開心，看見幸子一臉茫然，趕緊把話題拉回來。

『廢話說太多了，現在言歸正傳，』雙手插在口袋，直人學長將重心挪到另一腳，換個舒服一點的姿勢說話，『那天在餐桌上，大家都喝了不少溫熱的紹興酒，老醫師們聊得很起勁，聊著聊著，聊出許多白色恐怖時期的往事，有人慷慨激昂，有人眼眶泛紅，以前我偷偷讀過這類的人權調查報告，約略知道那個年代的政治氣氛，但畢竟是經過後人書寫，多少摻雜了主觀臆測與想法，第一次聽見當事人描述，感覺還是很震撼。不過嚴格說起來，也不算當事人，他們應該是環繞在當事人周遭的第三者，或者是目睹事件發生的沉默見證者，那種恐懼與長年沉默噤聲的心情，在紹興酒的催化之下，也許是一次難得的情緒釋放，而我這個後輩，確實也大開眼界，很驚訝！很驚訝！』

聽見直人學長描述那場聚會的情形，幸子心跳加速，夾雜著訝異與驚喜，心想，怎麼這麼巧，忍不住催促，『然後呢？然後呢？』

『別急，別急，我要說到重點了，』直人學長清了清喉嚨，『剛剛我提到毒物權威的那位老醫師，酒酣耳熱之後，說起當時的台北帝大預科醫類的學生，有股特別風尚，每個人多少都要學一種樂器，做一種以上的運動，打軟式網球或打橄欖球都好，最特別的是一群「雜談俱樂部」成員，將古今中外約一百本書，列為必讀書目，那時他也加入「雜談俱樂部」，結識兩位非常有才氣的學長，一位擅長拉小提琴，另一位文學造詣好，經常幫宿舍的學生刊物《東門》寫文章。到了大三那年，應該是五月中旬，保密局突然到學校抓人，那時正在會議室召開各科主任會議，內科主任許強醫師、眼科主任胡鑫麟醫師當場被抓，同一天被捕的，還有皮膚科胡寶珍醫師、耳鼻咽喉科蘇友鵬醫師，另外第一外科的郭琇琮醫師則是早就被抓了，到了六月畢業考前，已經在屏東潮州瘧疾研究所工作的那位擅長拉小提琴的學長也被抓了，至於文筆很好的學長，則是差兩科畢業考，端午過後的深夜裡，直接從學生宿舍被紅色吉普車帶走，聽說被捕時，態度從容，坦坦蕩蕩，學生宿舍裡的人流傳，他走得像條英雄好漢……

『那位毒物權威的老醫師這麼一提，其他人七嘴八舌討論起來。許強醫師的事情我早就聽過，他曾經被譽為諾貝爾醫學獎的亞洲第一候選人，倘若不是被捕，現在的成就必然嚇人，聽老醫師們說，許強醫師被押送往馬場町槍決的路上，帶頭大聲唱〈共產國際歌〉，開車的駕駛聽得心驚膽跳，還出了小車禍。可能是為了懲罰那批人，所以當天不准家屬收殮。隔天另一批送往馬場町槍決的人，嘴裡被塞滿布條，不准喊口號也不准唱歌，還親眼看到前一天出門的獄友曝屍刑場的慘狀。許強醫師的事情，其實在醫學院靜靜流傳很多年了，不過，跟許強同一批被捕的醫師，甚至後來也有學生相繼入獄的事情，我倒是第一次聽老醫師們提起，尤其是宿舍裡流傳那位走得像條英雄好漢的學長，叫做顏世泓。嗯，幸子，這就是我要問妳的事情，如果我沒記錯的話，顏世泓醫師是妳的舅舅吧？』

『咦，你怎麼知道？』幸子嚇了一跳，眼睛睜得很大。

『哈，我也是突然想起來的，妳記不記得，有一年暑假，我們在台南辦校友會迎新，好像在虎頭埤烤肉，活動結束之後，回到台南車站解散，我突然上吐下瀉，妳帶我去舅舅診所，就在西門路大舞台保齡球館對面，一幢日式平房，顏醫師的診間有古典音樂，沒錯吧？我的記性一向很好，這件事情，我記得很清楚！』

『這麼多年了，沒想到你居然還記得！是啊，顏世泓是我舅舅，他以前確實被關過，在火燒島，就是現在通稱的綠島，雖然我沒聽他親口提過這件事情，可是偷偷聽長輩談論過，至於為什麼原因被抓，像我們這些晚輩，根本不敢開口問。』

『那應該沒錯，老醫師提到那位像條英雄好漢的學長應該就是妳舅舅了。』

『你對那次醫學院醫師與學生大規模被捕的事件，還知道多少呢？』

『嗯，也不敢說知道得非常清楚，這些事情，在戒嚴時期幾乎沒辦法談論，也沒有文字資料記載，不過，解嚴之後，陸續有調查報告出來，我知道中央研究院近代史研究所曾經進行口述歷史計畫，一些民間基金會也都出版過類似的訪談紀錄，前幾年，某些機密檔案也都解密了，認真要查，應該不困難，只是，要還原歷史真相，還是有些難度，我們現在所讀到的歷史，只是比較接近事實的主觀臆測與想像而已，至於真相如何，除非有機會重新回到那個時代，否則很難還原，畢竟，回憶起來都帶著痛苦與不諒解，或因為輾轉陳述而變形，不管是口述的人，還是記錄的人，甚至是閱讀的人，都帶著自己的情緒，即使是同一個事件，也會產生不同的解讀與註解，很多人都會選擇對自己有利或安心的角度，各自對歷史狂妄批判，尤其到了選舉，變成炒作話題之後，就更加離譜了。唉，很無奈的啦！』

直人學長搓搓下巴，聳聳肩，笑得很無力。幸子看在眼裡，覺得當年在他身上恣意奔放的熱情銳氣，起碼削減了一大半。

『關於妳舅舅被捕的原因，在戒嚴時代的所有官方說法，都直指他們加入共產黨主導的叛亂集團，假借讀書會名義，擴大地下黨成員組織，根本就是叛國，解嚴之後，也陸續出現比較寬容的解讀，認為那時代的知識分子，鮮少不迷戀馬克思社會主義理論，又看到終戰光復後，國民黨政權接收台灣，二二八事件形成的恐怖屠殺氛圍，因此向左翼靠攏尋求解脫的人，緩緩醞釀一股檯面下的勢力。我從不同面向讀到不同觀點，多少也產生自己的想法，雖然也是主觀，雖然也是選擇讓自己安心的角度切入，不過我多少可以體會當初許強醫師或是妳舅舅，甚至那一批前後被捕的台大醫師與學生，在那個時代之所以苦悶或想要有所行動的苦衷，以前有人開玩笑說：「三十歲之前倘若不是左派，這個人一定沒有靈魂；三十歲之後還是左派，此人必然沒有腦子。」妳知道嘛，許多理想與熱情，到了最後被迫妥協時，是很淒涼的，有些人情願選擇恰到好處的頂點爆發，即便粉身碎骨也無所謂，反正早就有那種從容就義的覺悟，就像節氣一到，花朵選擇璀璨盛開一樣，即使只有瞬間的美麗……』

『就像朝顏花一樣，只有一天的生命……』幸子不經意接了這段話。

『咦，朝顏花？』直人學長突然反應不過來。

『姑婆說，牽牛花的日文說法叫做朝顏，白天盛開，夜晚凋謝，只有一天生命。』直人學長似乎有所同感，靜靜地，不說話，幾秒鐘之後，卻自己要冷解嘲，說那牽牛花休息一夜，隔天一早太陽出來，會不會又重新綻放一次呢？

學長咯咯笑個不停，幸子沒搭話，隱約覺得學長身體裡面的左派靈魂好像生病了。

不知不覺，他們已經走到網球場，幸子又重新坐回花壇矮牆，雙腳前後晃動，猶如直人學長形容的，習慣抬起頭，看著天空發呆。

圍著水銀燈焦慮飛竄的隱翅蟲已經不見了，雨後的夜色中，燈柱被厚重的霧氣包圍，顯得心事重重。

直人學長雙手插在西裝褲口袋裡，斜斜靠著矮牆，看起來像一根彎腰的甘蔗。

『幸子，妳知道嘛，這幾年，我真的改變很多，變得小心翼翼，變得扭扭捏捏，容易妥協，有時候又顯得膽小畏縮。我以前可以為了信念，不斷與人爭辯，無論如何都要將對方駁倒，整天活得精神奕奕，戰鬥力十足，像一隻隨時找人打架的鬥雞。可是這些年過去，我發現原本存在體內的堅強信念，或者自認為偉大的氣魄，都不見了，也不是一下子消失，而是漸漸地、漸漸地，像輪胎戳了一個小洞，那些氣就從小洞裡面，不知不覺，慢慢，慢慢，全部都漏光了，等到意識過來，已經變成一個軟趴趴的傢伙，我想，我距離左派，是越來越遠了……』

『那也未必不好啊，三十歲以前，你擁有靈魂，三十歲之後，你擁有腦袋，不像我，兩邊都撲空。』

『這是安慰嗎？聽起來很淒涼耶！』

兩個人不約而同笑出來，網球場空無一人，笑聲不斷在校園迴旋飄散，變成寂靜夜晚的滑稽雙人相聲。

『對了，幸子，妳不是也有問題要問我嗎？』

『嗯，是啊，不過，我的問題，看起來好像不重要了……』

『說說看吧，也許我可以幫得上忙！』

『就是……就是……唉，很難講耶！』幸子開始猶豫，到底該不該把時間旅行的事情，告訴直人學長。

『很難講？是工作的事情？還是感情的事情？或者，是健康的問題？』

『都不是啦……』幸子趕忙搖手，拚命否認，『嗯，我這麼說好了，你相信穿梭時間磁場的說法嗎？譬如，突然發現自己回到過去的年代，看到街道不同的建築，或者，見到一些長輩年輕時候的模樣，甚至是，已經不在世間的人……』

『哇，妳這個問題，太跳躍了吧！』直人學長的嘴巴張得很大，刻意誇張他對這個問題無法理解的態度，不知怎麼地，幸子覺得學長似乎認為她在胡言亂語，開什麼天馬行空的玩笑一樣。

『對啊，我自己也覺得這問題很跳躍，或者應該這麼說，假設……對……我們來假設一下，一般人……嗯……普通人，是不是有能力穿透時間空隙，倒退著往回走，僅僅是短暫的……一瞬間……幾秒之內，突然就掉進時間破洞……』

『等等，等等，這問題是代表假設性的發問，還是，妳自己遇到的問題？』

幸子心頭一驚，這位已經過了三十歲，自稱失去左派靈魂、因此找回腦袋的學長，果然不簡單。

10

幸子做了一個冒險的決定，面對絕頂聰明的直人學長，她選擇讓徐謙田曝光，讓他從時間輪迴的缺口，正大光明走進現實世界，即便她自己都不是很清楚，到底哪一邊，才是現實世界。

果然，直人學長陷入沉思，他不斷抓自己的腦袋，指甲來回摳頭皮，發出吱吱聲響。

好一段時間，兩人都沒說話，幸子看著醫學院學生陸續騎著腳踏車與機車回到宿舍車棚，車燈光源與排氣管的聲音，像入侵夜色的兩支潛伏部隊。

她開始後悔，好似出了一道荒唐的難題，對講究科學實證的學長來說，的確難以回答。

不過，事情已經說得那麼清楚了，倘若改口說沒事，當作自己什麼也沒問，又嫌矯飾，也覺得尷尬為難，但是再這樣安靜下去，幸子真的不曉得應該如何收尾。

還好，直人學長先打破沉默。

『幸子，我們認識這麼多年了，有些話，我就明講了，全部都是基於醫生的本能，絕對沒有惡意。』

看到直人學長這麼嚴肅，幸子不自覺端正坐姿，不再兩腳晃來晃去，『沒關係，你說！』

『首先，我想確認的是，妳是不是長期處於疲累的狀況？譬如，睡眠不足，工作壓力很大，或者突如其來的挫折，沒來由的沮喪，或莫名其妙就會流淚大哭……』

幸子想了一下，『沒有耶，倒是多夢的問題，從小就有，也不是最近才特別嚴重。』

『多夢啊……就好像，即使睡著了，腦部活動還是很旺盛，雖然睡了很長一段時間，醒來還是很累，被夢境搞得精疲力竭，對吧？』

『沒錯，沒錯，就是那樣子！不過，並不會造成我生活或精神上很大的困擾……嗯，學長，我大概知道你想要確認的關鍵，其實我自己也懷疑過，會不會一切都只是夢境的一部分，因為太過清晰了，就算醒來，仍舊無法切割。你的意思應該是這樣子吧？』

『有點接近，不過根據實際的臨床經驗，一旦在生理與心理出現病痛或極度疲累的時候，特別容易產生幻覺或幻想，也就是說，人的磁場會變得薄弱，因為想要逃避現實生活某些不想面對的事情，於是放任自己躲在想像的情境裡面，得以平衡或逃避那些難題，可是，我聽妳描述那幾次穿越時間磁場的過程，似乎又跟妳自己面對的人生沒有什麼關係，這就是我感覺困惑的地方。』

『是啊，你說得沒錯，仔細想想，跟我自己想要逃避或不想面對的問題，一點關係都沒有。』

『不如這樣子，我們先把那些醫學觀點和科學理論拋開，而是從靈魂層面來探索，那麼，問題似乎變得比較有趣。我相信有些人對空間與時間磁場的感覺是比較強烈的，譬如，同樣站在一間百年老屋裡面，有人感覺普普通通，照樣呼吸自然，標準的觀光客模樣，有人卻感應到時間移動的證據，五十年前，誰曾經站在窗邊，八十年前，誰又曾經坐在椅子上，甚至覺得那些人的瞳孔都對準自己，歷史流動的軌跡全部湧上來，時間座標從一直線濃縮成一小點，說不定這就是所謂的超能力，科學很難解釋，但不能否認絕無存在的可能性，對吧？』

『不過，這應該是從所謂怪力亂神的角度切入吧，這樣子，會不會很難驗證真假？』

『所謂怪力亂神，不也替那些科學無法解釋的疑惑找到出口嗎？總要找個理由吧，雖然我是學醫的，任何病痛都要找到病灶，不過也有醫學無能為力的時候，到了那種束手無策的境地，就只能依靠精神層面的力量，進行最後一搏。我自己內心不是沒有過超脫科學的想像，只是，這種事情發生在熟人身上，再怎麼說，還是有點抗拒，所以，我才要問清楚，妳最近的身心狀況，是不是感覺特別疲憊，或者，面容看起來沮喪、恍惚，也就是說，磁場特別弱，可是從今天晚上的交談或從妳的神情判斷，這些條件似乎都不存在。假設不是妄想或幻想的問題，也不是夢境與現實無法切割的困擾，那麼，就只能朝神怪的方向思考了，雖然對我這個當醫生的人來說，這樣推測，實在太不負責任了。』

這麼一說，幸子反倒覺得，跟謙田相遇，兩度回到過往年代的事情，似乎變得證據薄弱，彷彿不曾發生過，就連自己也覺得毫無把握，反倒是直人學長，顯得興致盎然，抽絲剝繭的步驟，一個也不放過。

『不過，我還是主張用科學邏輯來解題，妳再仔細回想一下，每次跟那個時光旅人相遇，有沒有什麼元素是相同的？譬如說，時間、地點或天氣，任何情境條件，都可以列入整理歸納的條件。』

幸子開始回想，第一次在姑婆的告別式，第二次在那幢日式老屋，第三次，則是圖書館。時間與天氣條件，似乎沒有吻合的地方，只剩下地點的因素了。

『姑婆的告別式會場，是台南府城一座老禪院，起碼是清朝末年就在東門城郊，禪院外觀雖然經過翻修，但主要建築結構應該沒變；而姑婆生前居住的那幢日式老屋，也是日據時期就有的；至於圖書館的前身，則是大正年間的總督府圖書館。這麼看來，都跟老建築有關係了……』

幸子的聲音越來越亢奮。

『嗯，先別高興得太早，這只是假設之一。』直人學長看看校園四周，似乎想到什麼。

『如果我們的假設正確的話，也難怪今天沒辦法跟時光旅人相遇，因為這塊網球場是這幾年重新鋪設的，老網球場是那一塊。』直人學長手指樹叢的另外一邊，『不過，我覺得最有可能相遇的地方，不在這裡。』

『咦，不在這裡？那會是在哪裡呢？』

直人學長拉著幸子，順著網球場旁邊的小徑，穿過基礎醫學大樓，再繞過校車停放的角落之後，正前方出現一座兩層樓建築，對比於四周摩登高樓大廈，老建築的身影，既蒼涼又自傲，像個過氣的貴族。

老建築緊鄰校門通道，側邊牆面爬滿攀藤綠色植物，走到建築正面入口，才發現一樓採取拱廊設計，二樓則是希臘柱式迴廊，窗櫺雕花像巴洛克藝術畫作，屋頂是十九世紀法國盛行的曼薩爾式屋頂，頗有文藝復興時期建築的氣魄，不過在夜色中，昏暗路燈佐以樹影搖晃，反倒添了幾分神祕色澤，雖然經過古蹟重新粉飾，終究還是出現年歲的小細紋，面對仁愛路熙來攘往的車潮，緩緩吟哦青春老去的悲曲。

幸子平常頂多搭車路過，這麼近距離站在老教室前方，還是第一次。

『這幢教室，很古了吧？』幸子小聲提問，怕分貝太高，老建築會嚇著。

他們走上石階，瞧見大門側邊的金屬雕刻碑文記載，建於一九〇七年，幸子掐指試算，不禁心生敬畏，好歹也是百年建築啊！

『這棟教室是二號館，應該是醫學院校區最古老的建築物，因為新式大樓不斷增建，老教室幾乎都拆光了，這棟造型典雅又帶點低調華麗的建築，是許多校友拚命爭取才得以保存下來的，要不然也是簡單粗暴的怪手一推，變成廢料白骨。日治時期的台北帝大醫科學生，都是從這棟教室培育出來的，當然包括當時的許強醫師，還有妳舅舅在內……』

幸子把臉貼在玻璃窗前，見到二號館裡面，還有人走動，於是跟著直人學長推門進去。挑高天花板的大堂兩側有圓柱排列，角落是一處小型的咖啡店，走到大堂盡頭，有一組雕塑藝術品，左右延伸的通道兩旁，規劃成小型教室，通道牆上掛著日治時期的醫學院名師黑白照片，大部分教室深鎖，掛著禁止進入的牌子，往二樓的階梯黑黝黝的，沒有任何照明設備，直人學長說，以前有造型奇特的圓形講堂，翻修之後已經拆除，非常可惜。

兩人站在一間亮燈的教室門邊，發現裡面有一組架設好的投影機與投影布幕，桌上有一部未關機的筆記型電腦，和幾個歪斜錯亂的紙杯子，室內空無一人，看來是剛剛結束一場簡報討論會，所有新科技工具支撐起來的靈魂，嵌進百年老歲的建築軀殼中，猶如安裝了人工支架的心臟，分秒循序跳動，分工延續老屋的生命。

幸子稍稍側身，瞥見通往二樓的階梯，似乎出現一個人影，但是轉頭仔細瞧，卻又空無一人，光線太微弱，實在難以確認那究竟是人影，還是窗外樹影搖晃的投射。

她輕輕拉著直人學長的衣袖，內心盤算著，要是謙田來了，好歹也要試著把學長一起拉進時間縫隙中，多一個人商量，總是比較篤定。

過了一會兒，什麼事情也沒發生，一個學生突然從轉角的教室走出來，雙手抱著肯德基家庭號炸雞桶，見到直人學長，很有禮貌地點頭招呼，說了聲：『學長好！』

『認識的學生，前陣子到科裡實習過。』直人學長抖抖肩膀，舒緩一下僵硬的筋骨。

幸子鬆手放開直人的衣袖，往後靠在牆邊，大口吐氣。

兩人不約而同看了一下手錶，接近九點鐘了。

『不曉得徐謙田會不會出現？嗯，我是說，那個時光旅人……』幸子低頭搓手指，有點焦慮。

『你們這次碰面的主要目的，是想要搶在保密局抓人之前，跑去跟妳舅舅通風報信吧？』

『希望是這樣子啊，不過，我只是從舅舅的記事本裡面，發現六月二十日之後就沒有記錄下去了，大膽假設，要不是當天晚上，就是隔日出事。對了，記事本好像有提到他計畫好的逃脫路線。』幸子從背包裡取出深藍色本子，翻到便利貼做了記號的頁面，直人學長湊過來，看到那行鋼筆書寫的字跡：

『我曾經預演脫逃路線，往東的走廊盡頭有一扇廢棄的門，外面有一條排水管，足夠我溜下去，排水管旁邊的老舊鐵絲網有個破洞，足夠一個人鑽出去。東館宿舍旁邊有座小木屋，早就破舊失修了，我在裡面藏了一個小背包，有舊衣舊鞋和行軍水壺，如果可以跑到杭州南路就算成功了，我試過兩次，機會有五成以上，先決條件是要能分辨門外的腳步聲……』

直人學長的瞳孔變得炯炯有神，那幾行文字，似乎觸動他敏感的推理神經。

『我想起來了，之前我提到那場老醫師聚會，他們似乎對那次保密局到宿舍抓人的事情還有印象，其中有人說起，那天夜裡溫書到很晚，睡前上廁所時，看到兩位校警站在屋外草坪上，還看到傅斯年校長的祕書跟兩個陌生人站在樓梯口，那時他直覺要出事了，急忙躲在廁所門後，嚇得憋氣不敢大口呼吸，直到腳步聲遠離，又聽見宿舍外頭吉普車發動的聲音，才探頭出來，瞧見宿舍走廊掛鐘指著凌晨兩點鐘。我問那位老醫師，他提到的宿舍，就是現在靠近徐州路的男二舍嗎？他說不對，光復初期，只有本館和西館兩處男生宿舍，後來學生多了，只好把戰時陸軍病院房舍的白色平房拿來充作南館宿舍，跟本館與西館之間有木造走廊相連，那時他們住在東館，是臨時規劃出來的替代宿舍，不過當天晚宴也有另一位老醫師回憶，東館可能是當時的舊赤十字醫院老病院的一部分，大家七嘴八舌，我這個後輩，也插不上嘴……』

二號館靠近大門的方向，似乎有些騷動，還出現兩次閃光，幸子心想，會不會是有人站在那裡拍照。

她手裡握著舅舅的老舊記事本，室內有些悶熱，隨手拿起來搧風，搧著搧著，紙纖維的霉味飄散開來，幸子急忙轉頭打了一個噴嚏，這時，她瞧見方才出現人影的二樓階梯，確實站了一個人，一手抵住牆壁，臉孔往上仰望，似乎跟二樓什麼人對話，可是光線太暗，聲音又很微弱，幸子只覺得那人的身形非常熟悉，但一時之間也想不起來究竟是誰，想要伸手拉扯直人學長的衣袖，指尖卻撲了個空，再轉頭，發現整個教室通道空空蕩蕩，除了自己，沒有別人了。

方才燈火通明的討論室裡，沒有投影機、沒有筆記型電腦，桌上的紙杯子也不見了，牆邊充作投影用的布幕，變成墨綠色黑板，原本擺在討論室中央的長桌子，被幾張低矮的木頭課桌椅取代。

直人學長呢？

幸子看著空曠的通道，腦袋充塞沸騰蒸發的水泡，咕嚕咕嚕，氤氳霧氣逐漸將思緒塗白，她突然弄懂了，隨即往階梯張望，果然，站在那裡的人，正是謙田。

他還在跟二樓的人對話，一邊向幸子揮手，一邊走下階梯，神情看起來很焦慮。

11

走出二號館之後，幸子還頻頻回頭，期待直人學長可以出現，可惜，校園模樣顯然反轉回到一九五〇年，原本隔著仁愛路相望的國民黨中央黨部大樓根本不存在，而是一座老建築，斜式瓦屋頂，拱門玄關，直立長型窗戶，兩層樓高，幸子大約是弄懂了，那畢竟是日治時期『赤十字病院』的領地，什麼年代，就該配屬什麼樣的地圖風景，這幾趟時空來回，幸子已經習慣調整城市景觀座標了，對她來說，不是什麼困難的事情。

謙田走在前方，幾乎是小跑步，拉著幸子的手，邊跑邊張望。穿過圖書室之後，抓住路過的學生打探，詢問了校園建築方位，哪裡是病理解剖教室，哪裡又是生化學、病理學、法醫學、細菌學和衛生學教室與大禮堂，那些兩層樓建築都有類似的斜屋頂與長拱廊，深夜裡，像佇立校園沉默列隊的孿生兄弟，這景象對幸子來說，確實生疏，跟她熟知的台大醫學院校區景觀，相去太遠，這些看似藝術品的古建築，早就被怪手剷平移位了，倘若不是時光反轉，又重新活了過來，幸子也不會有機會知道，與『景福門』咫尺相望的校園風景，竟然如此不同。

循著路過學生的指示，謙田與幸子兩人快步穿越校舍與樹叢，過了一處排球場，停在水泥地的網球場邊，幸子大抵知道那附近該是徐州路與杭州南路的十字交會口，半個世紀之後，那街角還會出現一家便利超商，可是此時街道靜默，盛夏熱帶夜特有的悶濕與黏膩，熱氣在地表下方小火烘烤持續加溫，謙田滿頭大汗，站在樹底大口喘氣。

『我剛剛問了寄生蟲研究室的學生，他說白天還看到顏世泓在大講堂溫書，下午倒是沒見到人，不曉得是不是回宿舍去了，聽說住東館二樓正中央的房間，我們去瞧瞧，也許還來得及。』

幸子突然想起記事本內容，『沒錯，上午是在大講堂溫書，下午有同學小唐來找他，兩人還去了衡陽路冰果室聊天，他確實提到半夜十二點鐘到凌晨四點鐘，是抓人的關鍵時刻，他打算看完婦科筆記，就離開宿舍，到校園外面躲藏，若是來不及，他甚至想好怎麼從宿舍逃出去，你瞧。』幸子翻開記事本，讓謙田看那段順著老舊水管逃亡的路線。

謙田讀完那段文字，看了看手錶，已經接近午夜一點鐘了，也許是期末考試的關係，幾棟宿舍房內，還有微弱燈光，看來大家都熬夜溫書，不過，對謙田和幸子來說，顯然遇到更棘手的難題，謙田對校園不熟，而幸子對半世紀之前的校區也陌生，沒有基礎醫學大樓與國際會議廳當成座標，甚至男二舍與女二舍也還未興建，他們站在深夜的網球場旁邊，完全搞不清楚方位。

這時，一個校警朝他們走來，謙田急忙握住幸子的手，將她拉往身後，自己擋在前頭。

『這麼晚了，在這裡做啥？』校警說話的口吻，很嚇人。

『喔，不好意思，這位是我妹妹，今天家裡辦喜事，我們拿訂婚大餅給一位住在宿舍的表弟，時間太晚了，我自己也糊塗，突然搞不清楚方向，不曉得東館怎麼走？』

校警半信半疑，不過還是扯開嗓門，『這邊是本館，東館要繞過去，往左彎，到了盡頭，就是了。』

謙田鞠躬道謝，拉著幸子，急急往本館旁邊的小路離開。

『訂婚大餅？虧你想得出來，我們手上，什麼東西都沒有啊！』幸子邊跑邊抱怨，即便嘴裡嘮叨，還是嚇出一身汗，校警質問的口氣，真的很嚴厲。

『沒辦法了，我也是隨意瞎扯，哪裡會料到突然有校警跑出來。』

沿著本館旁邊的小路，往左拐彎，走到盡頭，果然有棟老舊房舍，充當學生宿舍，確實太克難了，看起來像廢棄醫院，要不是宿舍內還亮著燈光，要說廢墟也不為過。

幸子還來不及緩下腳步，就被謙田拉往樹叢，腳底一滑，差點跌倒。

謙田把臉湊在她耳邊，『先不要出聲，那邊有人！』

果然，在東館前方，停了一輛吉普車，車外有兩位校警，還有一位穿著短袖白襯衫與淺灰色西裝褲的中年人，看起來像是學校教職員，另外還從吉普車走下來兩個人，車內似乎還有人，但光線太暗了，看不清楚究竟幾人。

『糟啦，他們來抓人了！』幸子感覺急速跳動的心臟快要從咽喉蹦出來了。

那些人還站在吉普車旁邊小聲交談。謙田好似想起什麼，趕忙拉著幸子沿著樹叢往東館右側移動，半蹲身子，盡量壓低腳步聲，唯恐引起那些人的注意。

來到宿舍後方的圍牆邊，瞧見一面鐵絲網，鐵絲網外，有間廢棄小屋，幸子這才弄懂謙田的意思，趕緊低頭摸索鐵絲網，果真有個破洞，幸子急忙鑽出破洞，推開木屋那扇幾乎要腐朽脫落的小門，謙田也跟上來。木屋內一片漆黑，伸手不見五指，只好用雙手在屋內不斷摸索。

『怎麼辦，找不到，會不會舅舅已經逃走了，帶著預藏在這裡的小背包逃走了？』幸子的心情變得很複雜，一方面希望找到小背包，一方面又希望找不到，至少，那代表舅舅已經順利逃脫了，但事實不可能是這樣子，否則舅舅不會被關在火燒島十六年啊！

『等等，我找到了，在這裡。』謙田將小背包帶出屋外，依賴月光照射的亮度，打開背包，裡頭果然有舊衣舊鞋，還有一個行軍水壺。

『他還沒離開，還在二樓房間內，我們要趕快，要不然，那些人就要上樓了……』

謙田將小背包交給幸子，自己則鑽過鐵絲網破洞，跨過宿舍後方的小水溝，接著抓住牆邊的排水管，迅速往上攀，那排水管滿滿鏽漬，還算容易攀附，謙田身手矯健，三兩下就上到二樓，翻過磚砌女兒牆，站在走廊往下瞧，那群人似乎聚在樓下房舍窸窣小聲交談，好像還敲了幾間房間盤問，謙田怕他們上樓撞見，只好繞到另一側靠窗面，窗簷約可容納一個腳幅的寬度，於是他決定踩著窗簷，身體貼著牆面橫移，雖然有點冒險，但也沒有別的方法可以想了。

前兩間房間的燈光都暗著，不曉得是睡了，還是沒人住，第三間該是正中央了，謙田將臉貼在窗台側邊，瞧見窗邊掛了一串粽子，再把身體往外挪一些，先看到床上躺一個人，蓋著薄被，似乎睡著了，接著又發現書桌一盞微弱檯燈，桌上有攤開的粽葉和幾本攤開的筆記本，謙田再把脖子往外伸長，這下子總算看清楚了，沒錯，世泓坐在書桌前方，頭低低的，不曉得是溫書太專心了，還是打盹假寐中，對於宿舍外的動靜，完全不知情。

『如果可以跑到杭州南路就算成功了，我試過兩次，機會有五成以上，先決條件是要能分辨門外的腳步聲……』

記錄在老舊記事本的文字，此時浮現謙田的腦海中，像一道銳利的提示。

突然聽到幸子的小聲呼喊，謙田先想辦法維持身體平衡，再低頭往下瞧，幸子站在樓底水溝旁邊，捧著小背包，憂心如焚，幾乎要哭出來。

頃刻間，他意識到自己面對時間倒數的無力感，倘若能夠提早一點，即使只有五分鐘都好，狀況就不會變得這麼急迫了。

不管了，此時也唯有放手一搏，沒別的辦法了。

謙田先用單腳勾住窗框，再把身子整個橫移到窗口，屋內情況，大抵都可一覽無遺，他甚至可以確定，世泓應該是吃完粽子，油膩糯米在胃內囤積，讓他昏昏欲睡，他喪失了辨識屋外腳步聲的機會，謙田決定將他喊醒。

『世泓，快，快跑！』

一開始，世泓並沒有意識過來，只微微往前點了兩次頭，不過，眼睛倒是睜開了，還打了一個嗝。

『快啊，快跑啊！不要從門外走廊，從這邊，跳窗，快點……』

這下子，世泓確定是清醒了，他開始找尋聲音來源，也許沒料到有人會在二樓窗台外面喊他，索性站起來四處張望，無助倉皇，這讓謙田更急了。

他原本盤算直接跳進屋內，把世泓拉出來，但此時單腳掛在窗框，起碼要先固定好雙腳才行，就在他低頭找尋另一腳的著力點時，聽到急促敲門聲音，世泓答了一聲，那群人就推門進來，謙田一緊張，原先勾住窗框的右腳突然滑了出去，整個人失去重心，頃刻往下墜，還好雙手即時抓住窗緣，雖然整個人如吊單槓一般，在半空中搖晃，總算還聽得到屋內動靜，沒有直接墜落在宿舍後方的草地上。

他聽到屋內傳來對話聲。

『有一位顏世泓同學吧？』

『是，我是。』

『有些事情想要跟你談談，請跟我們走。』

『要不要帶東西呢？』

『不用，什麼都不用帶。』

『你們要帶我走，起碼要表明你們的身分，要不然就寫下書狀。』

過了一下子，屋內沒有聲音，謙田暗忖，該不會是正在寫書狀吧？

『這樣子，可以走了吧！校長祕書吩咐過，不用戴手銬，你不要亂動。』

『不會，我不會，走吧！』

那幾句對話，早就寫成歷史了，可是聽在謙田耳裡，竟像刀割，倘若知道從此一去，就要失了青春自由，怎麼可能如此瀟灑，無論如何都要賣命掙脫啊！沒想到世泓的態度如此坦蕩從容，不禁內心一陣酸楚，眼淚霎時湧出來。

幸子看著謙田身體垂掛在二樓窗邊，肩膀緩緩抖動，約莫猜出幾分，看來是無望了，竟也跟著簌簌垂淚，最末蹲在水溝旁邊，放聲大哭。

原來歷史重來一回，還是無能為力啊！

吉普車終究還是直奔刑警總隊押房，跟半個世紀以前的劇本一樣，幸子抬頭仰望一九五〇年六月夏夜的台北星空，第一次覺得自己渺小而卑微的存在，如此不堪一擊。

12

幸子與謙田奔跑到街邊時，吉普車恰好繞出徐州路，黝黑寂靜的台北街道，留下兩顆懸掛在暗夜裡的車尾燈芒，逐漸稀疏黯淡，隱沒在地平線遠方。

明明是盛夏高溫的夜裡，兩人背脊卻冒出寒意。

『來不及了嗎？』幸子低聲問，哽咽的鼻音，透著心有不甘的遺憾。

『嗯，來不及了！』謙田望著遠去的車燈，回答的語調，像憑弔的台詞。

『可以再重來一次嗎？我們提早一個小時，或乾脆更早，直接到上午的大講堂，把當時在大講堂溫書的舅舅帶走，帶離台北，或帶離一九五〇年，可不可以？』

『不行，』謙田拚命搖頭，『每一天，只能重返一個時間點，一旦錯過了，就不能重來。幸子，我們真的錯過了，真的，沒有機會了，我剛剛親耳聽見世泓和他們的對話，語氣當中，是有所覺悟的，就算我們提前一天，就算他順利逃走，他的家人與朋友也逃不了，政府既然有心要逮捕他，無論用什麼手段，都要把他逼出來，落到那種境地，豈不是拿親友的人生來陪葬，大家都要跟著受苦？我們救了一個人，卻牽連許多人，食物鏈一樣的人情，要拿幾輩子來換呢？我大約是懂了，逃不掉的……』

謙田顯然從世泓身上，看見自己的人生際遇，畢竟那個亂世才有的人生邏輯，沒有當真活一回，不容易理解的。

幸子雙手緊握小背包，情緒雖然陷入谷底深淵，理智卻不得不奮力清醒，留在一九五〇年六月二十一日凌晨的時間不多了，她必須有所決定。

『我把背包帶走，』幸子回頭看了一下東館宿舍，想起那面有破洞的鐵絲網和那間幾乎傾圮的廢棄小屋，『幾年之後，醫學院校區就會大興土木，這些建築都會被怪手剷平，包括那條排水管，那面鐵絲網，那間小屋，以及預藏在小屋裡、有可能改寫一個醫學院學生後半人生的逃亡小背包，全部都會成為廢料與垃圾，默默在高溫焚燒之下死去，默默消失，這樣子不公平，我要把背包帶走……』

謙田發現幸子突然變得堅強無比，因為不甘心而激發的韌性，像暗夜奔放吐幽香的曇花，如他這種經歷戰爭與殺戮遊戲的人，都覺得不可思議，一時之間，也只能靜靜看著她，沒辦法答話。

『你等著吧，我一定要把這些事情弄清楚……』

『弄清楚？我不太懂妳的意思？』

『一定有辦法找到精準的切入點，可以避免錯誤的屠殺或莫名的犧牲，只要我們找到那個切入點，也許結局就有辦法逆轉過來，許多歷史發生過的荒唐事，就可以避免，不是嗎？』

『幸子，我覺得太冒險了，可能會白忙一場，妳仔細想想，許多荒唐事在發生當時，並不覺得荒唐啊，因為時勢使然，佔據上位和擁有權力的人，或依附權力而乘勢猖狂壯大的人，根本殺紅了眼，那些年頭的鬥爭都是搏命的啊，動輒提著人頭去賭，不是你死就是我亡，只要反對統治者就必須死，只要質疑權力的人就是叛國，是那種時代氣氛啊，除非妳有辦法對抗大環境，否則怎麼切入？怎麼逆轉？沒辦法的，否則就像我一樣，被槍托抵著太陽穴，下一秒就被踹入水裡，成為無名浮屍，可是在我內心，其實是渴望太平日子啊！』

『你說得沒錯，就是因為我不在那個年代，才有機會從歷史的未來，回頭重新來面對這些事情，如果我已經知道結果，而且有機會回到過去，為什麼不能做些改變？』

謙田搖搖頭，『我沒辦法給妳答案，因為，我真的不知道，像我們這樣子闖入彼此人生的未來與過去，到底能改變什麼？至少，這次我們失敗了，倘若有下一次機會，我們會不會成功，我不確定，真的不確定……』

幸子一時語塞，也恰好瞥見徐州路跟杭州南路轉角出現便利商店的紅綠白三色招牌，照例是短暫幾秒瞬間，新舊街景穿插抽換，她自然清楚那是一種暗示，必須離開了，離開一九五〇年挫敗的盛夏六月破曉。

她用力捏了一下謙田的手，彷彿示意短暫的道別，彼此都要勇敢。

『走吧，陪我走回二號館，有個朋友，在未來等我，等我報告這次穿越時間軌道的經過，他是個聰明人，一定可以幫上忙。』

暗夜的校園，兩人緩緩朝二號館的方向踱步，靜靜地，靜靜地，不發一語。樹梢婆娑晃動的影子，在月色黯淡的六月夜晚，陪伴兩人踽踽獨行的淒清，寫下命運無法修改的遺憾。

幸子感覺周遭的空氣漸漸改變，她知道時間正在流轉，屬於一九五〇的壓抑恐怖氣息正在退散，新世紀各色冷氣機集體排放的高溫熱息，一步一步將她推向未來，等她走到二號館的階梯前，內心即使有所覺悟，卻還是忐忑遲疑，根本不敢轉頭確認謙田到底在不在，只好站在原地，壓低呼吸鼻息，耳邊傳來小蟲唧唧的細微窸窣聲，她終於鼓起勇氣，伸手往身體周圍緩緩迴旋摸索，除了空氣，沒有謙田存在的證據。

面對獨自一人收拾的寂寥與蒼涼，幸子其實有點惱怒，然而那惱怒又不純粹是單純的氣憤而已，多少有自己也無法迴避的怯懦在其中吧！

直到大馬路傳來幾部重型機車飆速的嘈雜聲，伴隨一部放大音量播放重金屬搖滾樂的高速跑車，往總統府的方向疾駛，改裝過的引擎呼嘯聲，彷彿向過往的戒嚴威權挑戰似的，幸子終於百分之百確認，她真的離開一九五〇年那個六月夜晚了，當時的本館、西館、南館與東館都不在了，取而代之的，是新穎的高層大樓，有光纖網路，有二十四小時保全系統。不只是醫學院校區，整個島嶼的面容也不同了，有消遣揶揄元首的自由，可以讀馬克思，可以跟對岸的共產黨員MSN，那個一九五〇年暗夜闖入校園的吉普車，那些叨擾端午粽子飽食之後短暫假寐的行動，已經變得人人得以撻伐，人人得以找媒體控訴爆料了。

想起這些，幸子除了惱怒之外，還覺得迷惑茫然，僅僅半個世紀，一切都不同了，歲月是快速遺忘的觸媒，所有喜怒嗔痴，都有辦法雲淡風輕，卻又無關冷漠寡情，這才是複雜的人生課業啊！

幸子抬頭瞧見直人學長從二號館走出來，朝她揮手，『到底怎麼回事啊？才一下子，就發現妳不見了，我還問了坐在門口的管理員，有沒有看到一個女生走出來，怪囉，他居然說，沒有……』

『哦，你是怎麼發現我不見的？』

『怎麼發現？原本我們不是站在教室走廊說話，才一轉頭，沒看到人，我就直接從討論室那邊走過來，問了管理員，然後推門出來，馬上就看到妳了。』

『所以，從發現我不見……走出來……問了管理員……再推門出來……最後發現我站在這裡，總共花了多少時間？』

『沒有多少吧！從討論室走到這邊，並不遠，頂多一分鐘，說不定，連三十秒都不到，怎麼了？』

『三十秒都不到……』幸子抿了一下嘴唇，『原來，是這樣子消失的啊！只有三十秒不到……』

直人其實不太懂幸子的意思，覺得納悶，眉心擠成倒八字，『妳到底跑去哪裡？跟影子一樣，一轉眼就飄出來，「飄」喔，請注意，我用了「飄」這個字眼喔！』

『學長，也許你會覺得很荒唐，但是，僅僅三十秒，我去了一九五〇年六月二十日，喔，不對，應該是六月二十一日凌晨，在那邊度過一個小時，倉皇無力的一個小時……』

直人盯著幸子，從他的表情看得出來，他確實覺得很荒唐。

『妳說，剛剛，就是剛剛，短短三十秒，妳去了一九五〇年？還在那邊待了一個小時？』

『沒錯，就是這樣。前幾次，我一個人去了從前，一個人回到現在，這次，你剛好成為證人。原來每一趟時間旅行，只需三十秒，天啊，太意外了！』

『所以，妳去了一九五〇年六月的某一個夜晚，真的嗎？』直人還是覺得不可思議，語氣因而結巴，不像他尋常說話的篤定口吻。

幸子把發生在那三十秒之內的事情，大致描述一遍，包括在舊校區尋找東館的位置，也包括謙田攀上排水管，懸掛在東館二樓中央寢室的窗外，試圖呼喊世泓跳窗逃跑的情節，還有兩人站在徐州路旁邊，目睹保密局吉普車遠行的種種。

『倘若你還是覺得荒唐，也沒有關係，至少，我帶了證據回來。』幸子想起那個藏在東館後方廢棄小屋的逃生背包，這時候，應該派得上用場。

只是，詭異的事情發生了。

原本緊緊抱在懷裡的小背包，變成一團纏繞糾結的纖維線圈，雖然握在手中仍有分量，但形體已經遭到分解撕裂，彷彿受到強力拉扯，或者，遭遇急速離心力使然，支離破碎看不出原形，甚至出現輕微的燒灼痕跡。

『怎麼變成這樣子？』幸子顯然嚇壞了。

直人湊過來，用手輕輕碰觸那些纖維線圈，嘖嘖驚訝，『什麼東西啊？』

『就是剛剛跟你提到的，舅舅預先藏在東館後方的廢棄小屋裡，原本打算用來逃難的背包，裡面有一件舊衣服，一雙舊鞋子，如果沒記錯的話，好像還有行軍用水壺……』幸子小心捏著那團糾結的纖維線圈，『等等，這是什麼？』

糾結的線圈裡面，似乎藏著觸感不同的硬物，但嚴格說起來，是很細小的碎片，邊緣尖銳，像擣碎的玻璃渣。

『小心，』直人擔心幸子刮到手，急忙把那團東西接過來，『交給我，我來檢查一下！』

直人小心撥開線圈，一堆碎片掉在地上，還發出閃閃光澤。

『摸起來，像玻璃，又像金屬，不過也粉碎得太厲害了，如果不是刻意使用工具敲碎，不太可能這麼綿密，嗯，真奇怪，這到底是什麼東西啊？如果像妳說的，是一個預藏好衣鞋和水壺的逃生背包，怎麼變成這樣子？』

兩人蹲在地上，直人輕輕用手指捏著那些如細沙般的碎片，幸子則是揪住那些糾結的纖維線圈，磨磨蹭蹭，沒有答案。

『實在很難辨識，到底是灰色？白色？還是黑色？全部攪和渲染在一起了。』

『是啊，應該是受到嚴重的外力拉扯，不過要拉扯成這麼細緻又攪拌成這種模樣，速度一定非常快。』

『速度非常快？你是說，我在穿梭時間軌道的瞬間，速度應該非常快，所以背包和裡面的東西，經過急速拉扯，就變成這種怪模樣囉？』

『看起來似乎是這樣子，不過也很難說，如果因為急速拉扯而撕裂，還出現輕微燒灼的痕跡，為什麼妳還是沒變？我是說，沒有分解成碎片？』

幸子看看自己的手掌，摸摸頭髮，甚至檢查身上穿的衣服，果然沒有特別的改變。

『是啊，好奇怪，為什麼只有背包被分解了，而我，居然好好的？』

『嗯，我以前聽說，一旦人的速度比光速還要快，就有辦法回到過去。』

『真的嗎？哪裡聽說的？』

『哪裡聽說的啊？我想想……好像是日本漫畫喔，還是科幻小說，唉，完全想不起來。』

『搞什麼嘛，日本漫畫跟科幻小說，根本沒有科學根據！』幸子覺得好氣又好笑。

『呵，沒有科學根據，是沒錯啦，不過，要是妳回到一九五〇年的說法是正確的，那麼，從那個年代帶回來的背包，因為穿梭時間軌道而遭到速度破壞的現象看來，由此推斷妳的速度快過光速，因此能夠回到過去的論點，也不是完全沒有道理的啊！』

『是嗎？是這樣子嗎？』幸子其實也沒辦法驗證如此推理到底可不可信，至少她已經感覺直人學長對此事的真實性有幾分認同，彷彿找到可以商量的對象，內心安定不少。

『我看這樣子好了，這東西我帶走，有個朋友做材料研究，拜託他分析一下這團東西的成分，至於，妳跟那位時間旅人，徐謙田先生，有沒有約好下次碰面的年代？』

『哦，慘了，我們完全沒有提到下次碰面的時間，我們的情緒都太糟糕了，我只說，負責把事情搞清楚，一定會想辦法找到精準的切入點，把局勢逆轉過來，可是謙田不那麼樂觀，他覺得歷史很難逆轉，沒辦法改變，舅舅的事情既然這樣子了，那麼，他被捕槍決的命運，應該也是逃不過的劫數。學長，是這樣嗎？你也這麼認為嗎？』

『我？妳說我嗎？』直人皺了皺眉頭，『重新來一次，可以逆轉結果嗎？這真是一個大問題，大實驗……』

大問題，大實驗。

站在二號館前方的樹蔭底下，黑夜與高溫交會的星辰，像這個夏季突然走入她生命的陌生訪客，隱沒在城市混濁的天幕之外，對幸子來說，這果然是大問題，大實驗。

這個夜晚，來去半個世紀的旅程，僅僅三十秒與一個小時的落差，究竟驗證了什麼？給了什麼啟示？除了直人學長，她幾乎沒辦法輕易說予人聽，她甚至懷疑，這一切會不會只是夢境與現實無法切割的灰色異境，而謙田說不定只是個不肯投胎轉世的鬼魂而已……

13

自從那夜之後，將近一個禮拜的時間，幸子始終沒有機會跟謙田碰面，就算她重複回憶之前幾次相遇的細節，或想辦法醞釀時間即將反轉的預感，甚至放空腦袋靜坐冥想，渴望睜開眼睛之後，謙田就站在身邊，但一切努力都只是做白工，謙田沒有來到現在，幸子也沒有機會回到過去，兩人似乎在時間輪盤轉動序列中，頻頻錯身而過。

直人學長雖然傳來朋友檢測那團線圈與碎片的材質分析結果，證實成分之中含有布纖維與金屬元素，多少驗證那個逃亡背包與舊衣舊鞋和行軍水壺的真實性。即便如此，幸子卻對謙田存在的真實性越來越沒把握，整整七天，像沉澱的河，河水阻絕時空倒轉的軸心，幸子似乎失去等待的耐心，甚至負氣假設，所有曾經歲月來去的種種，應該只是夢境的復刻版。

直到朋友從東京傳來電子郵件，才重新開啟幸子的好奇心，她甚至在心頭竊喜，會不會是謙田用另一種形式捎來線索。

朋友就讀東京武藏野大學，提到前陣子閱讀一本名為《亞細亞商會》的遊記隨筆，日本作者因為在近代美術館看到台灣畫家陳澄波的畫作〈嘉義街景〉，與知名作家『荻原朔太郎』筆下的短篇小說〈貓町〉神似，因此跨海一路追逐到嘉義，探訪陳澄波後代，才知道畫家早就因為二二八事件罹難多年，那篇隨筆短文引發幸子的朋友開始瘋狂探索陳澄波的生平，因此央求幸子幫忙蒐集相關資料。

幸子原先興致缺缺，但是從電子郵件夾帶的檔案中，發現一個祕密。

朋友註明那是一份從教育史料掃描下來的文件圖檔，內容是畫家陳澄波在光復後，上呈行政長官公署的手寫陳情書，大意是希望台灣光復之後，能夠重視美術文化教育，將已經舉辦十屆的台陽美術展覽，升級為中央直屬的藝術展覽層級，最末一段寫著：

『建設強健的新台灣，總要來組織一個國立的或是省立的三民主義的台灣美術學校來成立了嗎？欲達到這目的的時候，我同志甘願當受犬馬之勞，為國民完義務，來幫助政府工作，來啟蒙六百萬名的同胞之美育呀？也可以來貢獻於我大中國五千年來的文獻者能達到此目的，吾人生於前清，而死於漢室者，實終生之所願也。』

乍看之下，文字措辭好像有點古怪，既有古文的規格，又有台語的口氣，標點斷句和語助詞都很特別，拼湊在一起，意思雖然不難懂，就語意流暢度而言，還是有點落差，不過，想起那時代的台灣人受日本教育，光復初期寫出這樣的漢文體，已經算厲害了。

不過，真正吸引幸子注意的，是陳情書最末兩行寫著：

張參議邦傑先生教正

建議書呈上（民國三十四年十一月十五日）

該資料最末註明陳澄波遞送陳情書的對象，是國民政府在終戰之後接收台灣的最前鋒機構——前進指揮所核心人物，台籍人士張邦傑。

張・邦・傑

那三個字，像急速瞄準視神經的飛鏢，鏢鏢直擊瞳孔，讓幸子猛然清醒過來。

『會不會是同名同姓？』

這是第一個迸跳出來的想法，但是隨即想起母親在姑婆告別式當晚，一邊吃小玉西瓜，一邊回憶：

『張邦傑是大官啊，搭軍機代表國民政府來接收台灣，出門都是高級黑頭轎車伺候，很嚇人的……不過，二二八事件之後，就沒消息了，現在也不知道是生還是死呢，應該不在了吧，如果還在，年紀也很大了……』

謙田不也說過，張邦傑是戰後國民政府第一批搭飛機抵達松山機場的接收成員，是前進指揮所重要人物，後來還成為行政長官公署的要員。

應該是同一個人吧！母親的三叔，身分證父親欄的姓名。

幸子撕下便條紙，想辦法把自己知道的張家兄弟背景關係寫下來：

長男：張席魁　經商　風流多情　娶了蓬萊閣藝妲為妾　戰時病逝澳門

次男：張席祺　眼科醫師　日本千葉醫大畢業　光華眼科院長　安徽大學創辦人

三男：張邦傑　國民政府前進指揮所要員　行政長官公署祕書

五男：張席君　眼科醫師　戰時情報人員

幸子能想到的，就這麼多了，畢竟他們跟自己出生的年代相隔遙遠，他們的生平遭遇，在親族寡言噤聲的刻意隱瞞之下，變得模糊又神祕，以前不覺得特別，這時候寫在便條紙，成為一組對照資料，生命儼然活靈重生，好像真的有故事在其中。

謙田曾經提過，自從他十六歲開始跟隨張家老二張席祺習醫，後來又跟著張家兄弟離開高雄旗後前往廈門開業，戰爭期間，也以醫師身分掩護，跟隨張席君從事情報工作，如果可以釐清張家兄弟在那個時代的身分背景與政治傾向，或許就有辦法知道謙田之所以被捕槍決的原因，究竟因為什麼事情牽連？因為何罪被處決？既然有機會重新來一遍，總該想辦法逃過那一劫吧！

可是，要如何進行呢？網路Google嗎？還是從中央圖書館台灣資料中心下手呢？

幸子想了想，Google能夠幫助的地方有限，除非史料都能夠網路格式化，否則那個年代既沒有部落格又沒有留言版討論區，他們是活在沒有網路科技的年代，真相流傳靠書寫，要是沒有出版，沒有留下書籍條碼，說不定連圖書館都找不到。

這真是弔詭啊！沒有在歷史教材或傳記書類留下生平事蹟的人，只要歲月經過，就真的隨荒塚掩埋一生，毫無證據了。

真的毫無證據嗎？

幸子突然想起久未謀面的『拆船舅』，他是外公第一房太太領養的小孩，與母親是同父異母的兄妹，聽說童年曾經去過廈門五條巷宅院過了幾年富家少爺的好日子，光復那年，該有十八歲吧，長得瀟灑倜儻，愛跳舞愛唱歌，戰前也混過上海五里洋場，戰後搭船回台灣，一直在高雄過日子，做過船運、報關行，那幾年台灣拆船業風光的時候，幸子一家人就開始喊他『拆船舅』。

拆船舅個性豪爽，說不定從他口中，可以問出一些事情。

趁著週休二日假期，幸子先打電話約好碰面時間，隨即搭乘國內班機南下。抵達小港機場時，南部夏日豔陽果然展現猛烈的紫外線攻勢，那恣意奔放的熱情，跟計程車司機堅持取走地址紙條，在巷弄之間揮汗穿梭尋找的義氣，同樣讓幸子瞠目結舌。

多年不見的拆船舅，仍是瘦削英挺的身材，除了髮色蒼白之外，看不出已經是八十歲的老爺爺了，他仍舊堅持塗抹髮油，紳士裝扮如上海掛的杜月笙，穿著漿直熨平的襯衫西褲，還在襯衫口袋放一條露出藍白斑點的手帕，站在公寓花圃前方，跟幸子揮手。

簡短寒暄之後，幸子隨即把張邦傑的問題丟出來。

拆船舅安靜了幾秒鐘，臉孔往右微微傾斜，右手握成拳頭，支撐著下巴，真有幾分上海灘玩家的氣質。

『張邦傑啊，我叫他三叔，是個尖銳的人喔！一肚子革命正氣，脾氣很倔啊！』

拆船舅坐在客廳藤椅上，天花板淺棕色掛扇徐徐送涼，老人家的記憶，是往後傾倒的沙漏。

他從客廳大理石桌下方，抽出一張日曆紙，用黑色粗體簽字筆寫下：『**張席林**』三個字。

『這是張邦傑的本名，按照家族排行的「席」字命名，可能是「席林」兩字太陰柔了，後來到泉州搞革命，就換了霸氣一點的名字。』

『到泉州搞革命？』這說法，幸子倒是第一次聽到。

『這件事情，當真要說起來，要從張家的移民史說起，祖先應該是明末清初從「福建惠安秀涂」跨海到台灣旗後半島落腳，秀涂跟泉州相隔洛陽橋，位在惠安最南端，古早以前，就是海上絲綢之路必經之地。張家在台的第一代先祖，聽說是英商怡記洋行的華人買辦，後來就以「怡記行」做起船頭行生意，現在的西子灣英國領事館的房舍用地和鄰近的海關稅務司宿舍，都是向怡記行租借的，戰時被日本徵收，充作戰略要塞地，戰後國民政府也沒歸還，就變成這樣子囉！』

拆船舅想了一下，同時清了清喉嚨，繼續說。

『旗後的媽祖宮也是怡記行張家出錢捐獻改建的，那時，哨船頭一帶，幾乎沒有人不曉得有錢人張怡記。至於，妳外公張席魁，十歲喪父，被迫提早接掌船頭行生意，吃喝嫖賭樣樣都精，生活過得優渥。他弟弟張席祺在日本神戶讀完小學，進入打狗的台灣銀行當童工，有一次銀行經理丟了支票，懷疑張席祺偷竊，隨即賞他兩巴掌，將他逐出銀行，後來支票找到了，銀行經理跑來求他回去工作，張席祺有骨氣，悍然拒絕，接著就渡海到東京正則高校讀書，後幾年考上庚子賠款獎學金，進入千葉醫專習醫，畢業之後，娶了日本太太，打算赴上海開業之前，返回台灣省親，卻被當時的華僑總會挽留下來，在新濱町開了高雄第一家眼科醫院，那時候他收了十幾個學徒，白天在醫院實習，夜間上課，那幾個學徒，後來也都成為眼科醫師，凡是從張席祺這裡學成開業的，不管在台灣，還是中國，一律叫做光華眼科。』

『這些事情，舅舅還記得這麼清楚啊！』幸子對老人家的記憶，十分讚歎。

『是啊，年紀大了之後，越久以前的事情，記得越清楚，反倒是今天中午吃了什麼，完全想不起來，哈哈哈……』舅舅開懷大笑，露出犬齒一顆閃亮金牙。

『妳外公張席魁跟張席祺是同一房親兄弟，張邦傑跟張席君算另一房，不過以前兄弟排行不分堂兄弟。張邦傑公學校畢業之後，去過三井商事工作，以後也有人傳說他讀過廈門大學或早稻田大學，那都不正確，他跟隨大哥張席魁學做生意，經營製襪工廠，又買船專辦恆春到台東船務，不過運氣不好，遇到颱風，船全部沉了，工廠也賠錢，欠了一屁股債，後來就搞起革命來，但要說搞革命的源頭，還是跟老二張席祺有關，他代表台灣僑界去南京參加孫中山奉安大典，結識了當時在台北城太平町的開業醫師蔣渭水，後來幾個兄弟，包括張邦傑和最小的張席君，都加入蔣渭水的文化協會。只有妳外公張席魁，不熱中政治，還是愛酒愛美人啊，花了大把銀子替蓬萊閣紅牌藝姐玉梅贖身，娶回來當妾，我們都叫她「玉梅姆」，這事情，妳應該不知道吧？』

幸子其實聽謙田說過，卻還是搖搖頭，假裝很驚訝的模樣。

拆船舅起身走進房間，一陣翻東西的聲音，好一下子，才抱一本舊相簿走出來，相簿是老式的草綠色方格紋硬殼外裝，內頁也是黑色硬紙板，相片四角有菱形狀的銀色貼紙固定，裡面的沙龍照，充滿古意，起碼都是上一個世紀的人了。

『這張，就是妳外公的照片，我喊他阿爸，妳應該沒見過吧！』

幸子湊近相簿一看，心裡不免讚歎，好俊的男子啊！雙眸晶亮又深情款款，眼尾上勾，簡直是『風流神』面相，莫怪愛上蓬萊閣藝妲，還花錢為她贖身。

拆船舅指著張席魁旁邊的另一張沙龍照，『這就是大房正室，名叫「駱順」，從洛陽買來的童養媳，妳外公對這種保守老派的婚姻本來就不中意，加上生性風流多情，所以才娶了二房，但兩房都沒有生育，各領養一對兒女，我就是從哨船頭的遠親那裡領養給二房玉梅當兒子的，搭船去廈門九條巷的時候，才五、六歲，對哨船頭根本沒什麼記憶，只記得幼時天熱，就爬到高雄港信號台旁邊的海關宿舍樓頂睡覺，夜晚有海港吹來的涼風，還有燈塔燈光四處掃來掃去。後來我去了廈門之後，先在鼓浪嶼住過一段時間，接著去廈門九條巷，再搬到思明北路，住那種中間有天井的三進狹長兩層樓宅院，第一進是宴客的地方，第二進是家人的起居臥房，後一進是廚房跟佣人房，前後棟二樓用那種有屋頂的木造天橋相連，我阿嬤是纏小腳的女人，住在中棟二樓，走路一顛一簸，搖來晃去，經常走木橋到前棟二樓東邊的窗前，把鍋子和錢放在小籃子裡，從窗戶懸垂下去，跟路過叫賣的攤子買豆花。我記得，那時候家裡環境不錯，還訂了《朝日新聞》，我先是註冊紫江小學，後來又轉學到旭瀛書院，那幾年之間，福建鬧政變，時局不好，傳染病嚴重，大娘與玉梅姆，都染病過世，妳外公後來娶了台灣來廈門訪親的寡婦李晚，就是妳外婆，生了親血緣的長子，非常開心，在院子擺流水席宴客，還因為烤乳豬，把西邊廂房的屋頂給燒了……』

幸子聽得興致盎然，自己從來沒有住過三進大宅院落的經驗，只有幾次路過台北艋舺剝皮寮街屋，仰頭看那臨街窗台，曾經聽說舊時婦女從窗口垂下小籃子買胭脂花粉，沒想到，自家親族長輩，也做過這種事情。

『聽起來，日子過得很不錯啊，後來怎麼搞起革命來了？』

『這要從舉家遷回廈門的事情說起，因為張家幾個兄弟加入文化協會，尤其老三張邦傑與老么張席君最熱中，經常在港邊集會發表演講，鼓吹民主，批評日本帝國主義，特高日警當然不高興，經常來眼科診所找麻煩，船頭行生意也受影響，只好捨棄哨船頭產業，以台灣華僑身分，回到廈門經商和行醫，船頭行生意大部分集中在沿海一帶，也有在香港、澳門，最遠到達暹羅，診所則是廈門、泉州、上海各處都有，許多到廈門等船期回台灣的同鄉，可以免費住宿光華眼科，那時候大家都戲稱光華眼科是「台灣飯店」。不久，張邦傑加入「反日帝大同盟」，成為同盟當中最積極的分子，日警一直透過外交關係，想要把他誘捕回台灣處死，張家兄弟全部都被列入黑名單，只要返回台灣，立即槍決。我聽長輩說過，張邦傑是中了革命的毒，妻子跟著逃難不知死在哪裡，兒女則是託給兄弟照料，他自己後來在泉州成立「台灣革命黨」，我在廈門那幾年，很少見到他，只記得有一次，他被國民黨中央軍三十六師抓去，據說性命不保了，剛好張席君曾經幫三十八師的師長動過眼睛手術，才緊急送錢請託師長去救人。唉，那個年代，要搞革命，不像現在上電視拿麥克風耍耍嘴皮就可以了，莫名其妙被砍頭了，也不知道去哪裡收屍，唉……』

拆船舅揉揉眼睛，似乎陷入往事記憶裡。

『那時候，我年紀小，不懂得這些行為就叫做革命，只知道家裡一天到晚有人被抓，阿爸張席魁就負責籌錢救人，五叔張席君也曾經被懷疑是共產黨，遭到國民政府逮捕。我還記得最嚴重的一次，是二叔張席祺在上海，曾經以「往診」為由被騙走，結果是被國民黨龍華警備司令部祕密逮捕，後來上海《申報》對張席祺被捕的原因有所披露，據說起因於南昌機場發生大火，一夕之間，三十八架飛機全部付之一炬，軍警展開大搜查，發現涉嫌人員用了上海光華眼科醫院的信箋與信封，擔任院長的張席祺自然被牽扯進去，張家幾個兄弟又籌錢又請託關係，台灣華僑總會負責人還發起全島十萬僑民聯名保釋，請願書送達南京國民政府，再加上張席祺是日本留學生，岳父又是陸軍上將，拘禁半年終於被釋放出來。戰後我去了上海，曾經住在八仙橋維爾蒙路的分院，偶爾見到二叔張席祺，他長得文質彬彬，說話溫潤和善，二嬸崎債子穿台灣衫說台灣話，夫妻兩人穿著儉樸，我是怎麼看，都覺得張席祺不像是那種策動火燒飛機事件的人，當時只當是尋常家族，現在仔細想想，大家都是賣命的啊！』

這些事情，幸子從來沒聽母親提起，戰時逃難各自紛飛，母親在外婆肚子裡，搭乘福建撤僑最末一班回到基隆的船隻，後來在台北城『下圭府町』出生，光復當時，才八歲，那時張家在對岸發生的種種，當然不會有印象。

『所以，外公在澳門過世的時候，你在哪裡？』

『唉，說起這件事情，我就有點難過，總覺得心頭這邊，酸酸澀澀的，』拆船舅指著自己的胸口，邊嘆氣邊說，『福建開始撤僑之後，市況就變了，我們在鼓浪嶼、九條巷、思明北路的房子全部都保不住，不但家產被土匪搬空，房子還被佔據，最後還放火燒，家族之中，有人搭撤僑船班回台灣，妳外公則是因為被日警通緝，回不了台灣，只好輾轉去了澳門，我是跟了五叔張席君一家人去上海，可是上海那段日子，也不是太好過，聽到妳外公病逝澳門，也只有大房養子前去料理後事，孤獨一塚墳，好淒涼啊……』

幸子看著外公的黑白沙龍照，仍舊是眉宇英氣逼人的瀟灑模樣，想起他老人家孤獨在澳門撒手人寰的淒清，即便未曾謀面，還是覺得難過，再說那戰時的生離死別，這年頭動輒抱怨不夠幸福的人，怎麼都體會不了的啊！

『我在台灣海峽封鎖之前離開上海，回到高雄哨船頭，變成沒爹沒娘的孤兒，也只好投靠生父，好多年以後，經濟狀況好一些，才有機會出國去澳門，找到妳外公的墳，我帶了一罐台灣紹興酒，給他倒了一杯，父子緣分只有幾年就陰陽相隔，我在他墳前唱歌，唱台灣歌謠，還唱日本昭和時代的流行歌，把一罐紹興酒乾杯喝光，以前在廈門經常看他用自家船頭行運來的台灣紹興酒宴客，那時我才十歲，就被他叫出來跟客人拚酒，他說我有做生意的天分，早些學會應酬對將來是好的，他也經常給我零用錢買故事書，還帶我去看戲，我覺得阿爸是個有趣的人，他的人生過得浪漫又風光，妳是沒機會見到像他這種慷慨豪爽的外公，要他把遊樂園包下來讓小孩玩得開心，這種事，我看他是絕對做得來的……』

幸子從八十歲的拆船舅臉上，看到飽滿的幸福感，即便她未能與外公相識，好像也真的相信他會願意為了討小孩歡心，而把整個遊樂園包下來的慷慨豪邁行徑，絕對不算誇張。

老公寓窗台，微微透著南部黃昏夕照餘暉，幸子偷偷看了一下手錶，距離預定北上的班機起飛時刻，只剩下一個小時了，如果再加上提早三十分鐘必須完成報到劃位手續，可以跟拆船舅談往事的時間，似乎不多了，老人家一旦將記憶瓶口打開，不管是美好或淒苦的，都要說得盡興不可，幸子心想，這樣子隨興抬槓下去，可能三天三夜都不夠，該把謙田的事情問個清楚不可。

『外公在澳門過世之後，張家其他兄弟，後來都怎麼了？我的意思是，戰爭結束以後，他們都回到台灣，還是繼續留在上海呢？』

『嗯……我從上海搭船回到基隆，馬上就搭火車返回哨船頭，跟張家那幾房，都斷了音訊，也沒有聯絡，輾轉聽說張席祺跟張邦傑都擔任前進指揮所要員，後來也接下行政長官公署要職，一位是參議，一位是祕書，可是不曉得什麼原因，張席祺後來代表新竹市參選議員，但很快就返回上海，沒再回來。』

『那麼，張邦傑呢？』

『張邦傑啊，我想想……』拆船舅雙手用力摩擦雙頰，『張邦傑倒是沒有什麼消息，妳母親和外婆似乎在戰後跟他見過面，她們應該比較清楚吧！』

『她只記得張邦傑的官位很大，進出都是黑頭車，不過我媽那時候才八歲啊，許多事情都不懂。』

『啊，這樣子回想起來，張邦傑好像跟隨國民政府接收台灣之後，娶了台北太平町一位齒科診所陳醫師的千金，是個戰前在東京學藥劑的小姐，聽說長得很漂亮，穿著打扮又時髦，我們那個時代，稱這種時髦會打扮的女人，叫做「黑貓」，就是妳們現在說的「辣妹」啦！』

拆船舅呵呵笑了起來，那顆犬齒金牙，乘機閃了一下光澤。

『有沒有聽說二二八發生當時，張邦傑的情況？』幸子趕緊逮住機會，繼續追問。

『這倒沒聽說什麼，如果沒有被捕，也沒有被槍決，那就只有兩個可能了，不是失蹤，就是跟陳儀同一幫。按照他當時在政壇的地位，要說現在檯面上的政治大老級人物，可都要聽他使喚呢……等等，等等，我想起來了，我這裡有一張照片，妳等等……』

拆船舅又起身走進房內，接著傳來翻箱倒櫃的聲音，幸子趕忙跟過去，問了一聲，需不需要幫忙？

幸子看見拆船舅蹲在一個鐵櫃前方，鐵櫃左側有一直排小抽屜，右側是一扇帶有號碼鎖的小鐵門，小鐵門已經打開，拆船舅正從鐵門內抽出一個牛皮紙袋，起身將牛皮紙袋放在書桌檯燈底下，仔細翻找，抽出一張黑白照片，約莫是3×5的尺寸。

拆船舅戴起老花眼鏡，盯著黑白照片，『找到了，就是這張！』

幸子湊到書桌檯燈底下，盯著拆船舅手上的照片，那是一張大合照，前排坐著，後排兩列站著，有單穿襯衫的，也有整套西裝領帶的，或立領卡其色中山裝。前排有人雙手拘謹交叉，有人蹺腳，有人隨意坐成豪邁的俠客狀，拆船舅手指前排中央，一位理著平頭的男子，身型瘦削，腰桿挺直，穿著卡其軍服，還繫了一條黑色細版領帶，雙手緊抓著膝蓋，一副正氣凜然的軍人模樣。

『這位就是張邦傑，很威風吧！妳看他坐在前排醒目的位置，再看看後排站著，最靠右邊角落的這位戴眼鏡的，妳想不到是誰吧？』

幸子搖搖頭，完全不知道是誰。

『是連戰的父親，連震東啊！妳看這張合照的座位與站位，就可以知道當時的權力地位輕重了……不過，這張照片，為什麼會在我手上，我已經想不起來了，突然發現照片夾在一本書的內頁裡面，也是光復之後好幾十年的事情了。』

幸子把照片拿到書桌檯燈底下，重新把照片中的每張臉孔都仔細看一遍，尤其是張邦傑，跟前陣子在姑婆的五斗櫃餅盒當中看見的張邦傑沙龍照比較起來，穿著軍服的張邦傑，神情顯然是剛毅嚴肅多了。

幸子發現照片正下方，有一行白色小字，寫著：『台灣革命同盟會歡送返台之台籍人士紀念照』，於是拿出隨身帶來的數位相機，將黑白照片翻拍，收進新科技的記憶卡裡面，那幾個舊時代的革命同志，包括張邦傑，也包括連戰的父親連震東在內，全部都收進數位記憶的新樓房裡。

幸子又看了一下手錶，時間確實不多了，非得加快提問的節奏不可。

『舅，你記得一位張席祺的學生，叫做徐謙田嗎？據說跟姑婆張萃文與姑丈公顏欣都熟識，後來也跟去廈門，似乎也去過上海的光華眼科支援看診。徐謙田，雙人徐……』

拆船舅皺著眉頭，重複徐謙田的姓名好幾次，也不是很確定的口吻，『徐謙田啊，好像也是高雄旗後人喔，大我十幾歲，我對他不太有印象，去了上海之後，似乎有見過幾次面，聽說他跟一位日本記者尾崎秀實經常去國泰戲院三樓的彈子房打撞球，他的身分雖然是眼科醫師，不過跟新聞界的關係不錯，唉，到底是不是他啊，還是另一位醫師叫做江寧靜的，他們的年紀大概都大我一輪，感覺我還是個孩子，他們已經是大人了，進進出出診所，經常深夜來，住在二樓病房，天亮就走，我也不敢開口問什麼，只是偶爾跟二嬸說，那些人又不是病人，為什麼雙眼蒙紗布，睡病床啊？二嬸很緊張，警告我不准到外面亂說……』

雙眼蒙紗布，睡在二樓病床……

幸子心頭一驚，這事情謙田也說過，那時擔任日軍通譯，暗地裡做情報工作，就是雙眼蒙紗布偽裝病人，在上海光華診所交換情報，這事情經過拆船舅的回憶交叉比對，可見，徐謙田這號人物，是確實存在的。

趕赴小港機場的計程車上，幸子握著一張一九二九年『高雄新濱町光華眼科學業修了』的師生合照，照片因為嚴重褪色，還有部分撕裂刮損，沒辦法用數位相機翻拍，幸子只好大膽提出帶回台北掃描放大修整的要求，沒想到拆船舅一口答應，乾脆得很。

飛機起飛之後，雲層下方的海岸線逐漸模糊，幸子想起那個方向也許就是今日的哈馬星與西子灣，也就是昔日的新濱町和哨船頭，超過半個世紀的家族祕密，有沒有機會撥雲見日呢？

經過一段不穩定的氣流之後，空服員開始遞送飲料，機艙充滿咖啡香氣，幸子卻睏得很，模糊意識中，耳畔緩緩倒帶重複拆船舅的聲音，『日本記者……尾崎秀實……國泰戲院三樓彈子房……』倒帶，重複，繼續倒帶，重複……直到機輪碰觸松山機場跑道，幸子才清醒過來，關於尾崎秀實的種種，好似跟著寫進幸子的腦記憶體之中，事後回想起來，確實是令人玩味的重要提示。

14

原本跟直人學長約好兩點鐘在『檔案管理局』門口碰面，幸子沒有拿捏好時間，反而到得太早，一直在路邊徘徊也不是辦法，只好在伊通公園附近找一家三樓有大玻璃窗戶的速食店，點了薯條和卡布奇諾咖啡，選擇坐在面街的高腳椅上，彷彿置身柏油路上空，來往車輛在腳尖下方奔馳，走在伊通街上的行人，不管是臉孔還是穿著，都看得一清二楚。

從高雄回來之後，幸子先把那張一九二九年『新濱町光華眼科學業修了』的畢業合照，透過掃描器與修圖軟體將影像局部放大，果然在那些眼科學徒當中，認出當時應該是二十一歲的徐謙田，他就站在日籍醫師娘馬場崎債子後方，頭髮很短，幾乎是平頭，脖子繫著深色領帶，外穿醫師白袍，雙頰瘦削，眼尾稍稍往上挑，要不仔細看，還差點認不出來。

坐在第一排的張席祺醫師，蓄著小山羊鬍，懷裡抱一個紮沖天辮的小女孩，身旁是日籍醫師娘崎債子，崎債子穿一件淺色寬鬆的小碎花台灣長衫，頭髮齊耳，額前有薄薄的劉海，五官細緻，淺淺微笑。

眾人合照的地方，應該是新濱町光華眼科門前，旁邊有個直立招牌，『光華眼科』正楷書寫四個大字，招牌側邊有一整片木頭架起來的矮牆，醫院建築正面是拱門玄關，右側窗戶狹長，上部窗緣呈半圓狀，還有雅致浮雕，樸實當中，猶有建築設計者的巧思，少了醫藥診所的冰冷觀感，反倒徐徐蒸發一股人文氣味，像一座小博物館。

幸子利用繪圖軟體的格放效果，試圖將拱門玄關裡側的風景看個清楚，似乎有個木雕屏風，屏風後方一整片強光，不知道是電燈，還是另一面透光的窗。

九位眼科門生當中，徐謙田的模樣看起來最生澀。那當中應該也有姑丈公顏欣，以及據說是為了躲避蔣介石下令的清黨捕殺而逃到台灣避難的共產黨員江寧靜，當然也包括張家排行最小的張席君，但是幸子只認得徐謙田，可能是世代差距，總覺得那個年頭的二十一歲青春模樣，看起來實在太老成了，比時下的青壯世代，還要蒼老好幾倍。

幸子坐在速食店三樓，吃完薯條，喝了一口卡布奇諾，往下俯瞰街景，還是沒看到直人的身影。

前一晚，幸子收到直人的手機簡訊，提到有要事討論，於是兩人約好今天碰面。

雖然約好碰面，但是幸子仍舊按捺不住，深夜又撥手機聯絡直人，問他究竟想說什麼，非得碰面不可，透過手機講一講，難道不行嗎？

直人在電話那頭，帶著濃濃鼻音，似乎染上感冒，只說他還在醫院值班，事情很複雜，三言兩語解決不了，何況有些資料在檔案管理局無法外借，他已經跟館方申請調閱，還是約在那裡一併說個清楚吧！

就因為這些誘人的線索，讓幸子一整晚無法熟睡，翻來覆去，不知道學長的葫蘆裡，到底賣什麼藥。

既然睡不著，只好起床，喝了半罐冰啤酒，才想起『尾崎秀實』這個名字如影隨形了幾天，總該好好跟他做個了斷吧！

上網連結搜尋引擎，原本不抱希望，畢竟是七、八十年前的人物了，在網路資料庫出現的機率應該不大，沒想到，尾崎秀實的話題不少，約莫瀏覽了幾個網站，因為發言者的政治主張與信仰不同，尾崎秀實所呈現的人生風貌竟然南轅北轍，甚至有日本導演『筱田正浩』在二〇〇三年拍成電影作品『間諜佐爾格』，飾演尾崎秀實一角的男演員『本木雅弘』，在日劇圈也算活躍，不過幸子對本木雅弘的印象其實來自一個時髦髮膠廣告，表演誇張帶有詼諧笑意，將他與尾崎秀實的神祕色彩搭在一起，實在很突兀。

面對觀點各異的評價，其實很難勾勒尾崎秀實的功過，幸子將分屬偏激兩側的言論刪去，想辦法描出一份中道的輪廓。一九〇一年出生的尾崎秀實，曾經跟隨父親在台灣生活，二十一歲進入東京帝大法學部就讀，開始研究馬克思主義，畢業後在朝日新聞社工作，一九二八年到一九三二年間，派駐上海擔任特派員，結識許多中國左翼分子，也跟魯迅與夏衍等文化人士有所交往，夏衍曾經在書中形容尾崎秀實雖是『紳士型的記者』，實際上卻是『上海的日本共產黨和日本進步人士的核心人物』，之後與共產國際派遣來上海從事情報工作的佐爾格合作，將日本在華重要情報轉給莫斯科，一九三七年擔任日本近衛首相的內閣顧問兼私人祕書，成為中國問題智囊首腦，四年之後，遭到日本軍部逮捕，於一九四四年與佐爾格兩人被處以祕密絞刑。

隔天一早醒來，幸子隨即跑到出租店搜尋『間諜佐爾格』影碟，可惜，年輕店員都沒聽過這部片子，透過店內的資料搜尋系統，確實也沒有這部片，想來，是一部冷門片子，沒什麼賣點，當然不會有片商願意引進。

幸子喝完速食店的卡布奇諾咖啡，舌根開始醞釀微酸唾液，咖啡因並沒有發揮醒腦的作用，反倒是薯條的油膩感在腸胃之間逗留，不知不覺，竟有了倦意。

從大玻璃窗往下俯瞰，三樓的高度，跟謙田當年在上海國泰戲院彈子房，該有一樣的視野感覺。倘若下一次有機會，真該好好問問謙田，跟尾崎秀實到底是什麼交情，會不會謙田的角色也出現在導演筱田正浩的電影作品中，跟本木雅弘在彈子房打撞球呢？

眼皮好重，速食店內的冷氣空調竟然有催眠功效，幸子努力撐著惺忪的雙眼，發現直人的身影出現在對街檔案管理局門口的同時，手機也恰好響起，直人說他離開醫院之前，臨時接到一通緊急電話，趕不及約定好的時間碰面，實在很抱歉，不過他的口氣聽起來很興奮，不斷催促幸子趕緊過街跟他會合。

兩人來到檔案管理局閱覽室，向館方人員提示借閱的申請書之後，隨即有專人帶領他們來到一間恆溫恆濕的資料室，還請他們戴上手套與口罩，輕聲叮嚀一些注意細節。直人事先申請調閱的資料，已經整齊排列在桌上，桌面上方有一盞橘黃色澤的聚光燈，燈影在那些整齊的資料周邊，畫出一道神祕圓弧線，彷彿一座沉睡經年的洞窟，終於曝光甦醒過來，正在揉眼睛，還伸了懶腰。

館方人員離開之後，貼心將資料室的門關上，剩下幸子與直人，鎖進密閉的時光膠囊裡。直人坐下之後，搓了搓手掌，神情相當慎重，也有幾分雀躍。

『幸子，在閱讀這些資料之前，我必須先跟妳說明一些事情，雖然有點複雜，但是我盡量想辦法歸納清楚，畢竟橫跨年代久遠，牽扯人物也很多，因為時代背景不同，許多我們認為理所當然的事情，在那個時代根本不可行，或那個時代無法碰觸的禁忌，在我們看來，根本是芝麻綠豆小事，所以，我們必須把腦袋調回半個世紀、甚至一個世紀之前，這對妳來說，應該不難，畢竟，妳曾經穿梭時間空隙回到過去，嗯，我的意思是說，假設那些時間旅行是確實發生的事情，妳懂我的意思吧？』

幸子用力點頭，她已經迫不及待想要聽下去了。

直人說話的鼻音很重，想必，感冒並未痊癒，還好有口罩擋著，基於醫師的職業道德，他只想把事情忠實轉述，並不想把病毒傳染給幸子。

『上個星期，也就是我們在醫學院網球場不期而遇的隔天，我把妳從一九五〇年帶回來的那團纖維線圈送到朋友那裡化驗，那天，剛好有一位近代史研究所的助理研究員也在那裡，於是我抓住機會跟他談起白色恐怖時期的台大醫學院事件，他曾經參與口述歷史訪談，對戰前戰後的台灣歷史很有心得。我們談了兩個多小時，談到那些被逮捕的醫學院學生、老師、各科主任的背景，事件起源應該跟地下黨組織有關，統稱為「學委會案」，現在，我們先來看看安全局機密檔案，』直人小心翻閱桌面上的文件，『就是這份，包括台大醫、理、工學院支部，還有師範學校在內，凡是在自治會和學生聯盟組織中，比較活躍的師生或畢業校友都牽扯在內，共逮捕四十五人，妳看這邊，舅舅的名字，沒錯吧！』

幸子果然在泛黃的檔案紙張中，看到毛筆書寫的『顏世泓』三個字，甚至那位曾經出現在舅舅手寫記事本裡面的『老朱』楊廷椅的姓名也在其中，除了這份處決名單之外，另有一張以『蔣中正』名義發出的『總統府代電』，內容大約是指示當時的國防部參謀總長該如何辦理此案，也是以小楷毛筆書寫，有許多紅色大小印章，還有鋼筆與毛筆的批示與簽名，紙張已經出現毛邊和霉漬，仔細瞧瞧日期，超過五十幾年了，倘若以年紀來算計，那該是年歲累積的皺紋風霜吧，何況還帶著被處決的人命幽魂呢！

『我想起那位時間旅人徐謙田，本職是眼科醫師，曾經跟隨妳外公家族幾個兄弟在高雄與廈門、上海一帶行醫，於是我跟研究員詢問張家幾個兄弟的事情，他感覺非常驚訝，提到抗戰時期，確實有許多台灣籍人士以不同身分掩護，在中國沿海一帶進行抗日革命事業，一九四三年，有六個獨立團體在重慶組成台灣革命同盟會，這六個獨立團體裡面，真的有這麼一號人物，叫做張邦傑……』

幸子心頭一驚，果然是張邦傑啊，熱情尖銳的革命分子，家族裡的傳奇人物。

『張邦傑是我外公的三弟，是個革命分子沒錯啊！』

『聽那位研究員說，張邦傑離開高雄之後，在福建加入「反日帝大同盟」，非常活躍，當時日本駐廈門領事館想盡辦法要將他誘捕回台處死，於是他藏匿在泉州一帶，據說在福建事變之初，就已經加入國民黨，還曾經暗助抗日之師十九路軍團，跟國民黨軍方的關係很密切，擁有少將軍銜，被認為是「蔣介石強烈擁護者」，一九三五年在泉州成立「台灣革命黨」，也就是後來在一九四三年加入台灣革命同盟會的其中一個團體，而同盟會的首腦人物翁俊明，是台灣帝大醫科畢業生，曾經因為反對袁世凱帝制，跟同學杜聰明遠赴北京，策劃以霍亂菌放入水源暗殺袁世凱，可惜計畫失敗，返台之後在馬偕醫院任職，因為經常有反日言行，遭到日警嚴加監視，只好舉家輾轉遷居廈門、香港，最後落腳重慶，被情報頭子「戴笠」任命為軍統局台灣工作組主任，一九四三年奉命整合六個革命團體，不久，卻遭到下毒身亡，究竟是誰下的毒手，至今依然成謎。我想，妳對翁俊明一定不熟悉，但是提起在日本走紅的歌星翁倩玉，應當不陌生吧？翁俊明就是翁倩玉的祖父。』

直人從手提公事包裡，拿出一本中央日報出版的《翁俊明傳》，翻到四百七十二頁，指出其中幾個段落文字：

『凡來自台灣的耆彥、名流、抗日領袖、志士，幾乎沒有一位不曾身為杭州翁公館的座上嘉賓……張邦傑、劉啟光、謝春木……俱曾在上海接受過翁俊明長時期款待，他們都是台灣抗日運動的中堅分子……』

接著又翻到五百三十一頁：

『張邦傑，有少將軍銜，台灣革命黨首領，一門三傑，乃兄張席祺，潛在廈門活動，乃弟張起鈞，則在上海從事敵後工作……』

直人從書包裡面拿出筆記本，找到他跟研究員的談話紀錄，『這裡提到的張起鈞，應該是張席君的筆誤，至於張席祺潛在廈門活動的說法，也有些出入。張家幾個兄弟都是以光華眼科為掩護，從事革命事業，張席君的主戰場在廈門，張席祺則在上海。來，我們來看另一份資料，這是我從「上海地方志辦公室」網站下載的訊息，根據地方志記載，上海光華眼科初期在環龍路與金神父路交叉口，是從台灣高雄遷來的，環龍路後來改為南昌路，另外在八仙橋維爾蒙路、北四川路和戈登路都有分院，另外張席祺還兼任上海真如地區的東南醫學院教授，光華眼科就作為東南醫學院的臨床教學醫院，上海大轟炸時，東南醫學院損失慘重，才有戰後遷校安徽的計畫，張席祺就是安徽大學的創辦人，這部分也在安徽大學的校史紀錄裡面得到驗證，錯不了。』

直人翻開筆記下一頁，『另外「廈門地方志辦公室」同樣也記載廈門光華眼科的史料，甚至留下「思明北路七十三號」這個明確的地址，這些資料，都是官方文獻紀錄，張席祺是張家老二，按照輩分，妳應該叫他二叔公，而那位帶妳去時光旅行的徐謙田，既然是張席祺的眼科學徒，他提到戰時在上海，以眼科醫師身分掩護，從事情報工作，跟史實比對，也確實吻合。』

『這麼說，徐謙田確有其人囉！』幸子的感覺有點複雜，倘若不是好幾天沒能跟謙田碰面，她其實可以更篤定的。

『嗯，可以這麼說，但也不是那麼確定，我只是根據史料還原片面的人物關係，徐謙田所提到的人名大抵都經過史料背書驗證，但是他本人究竟有沒有涉入組織或參與實際行動，現在還沒辦法確定，這到底是不是構成他被捕槍決的理由，我沒什麼把握，但要認真說起來，這些人都算抗日有功人士，沒理由被抓啊？』

直人搔搔腦袋，有點納悶。

『對了，你剛剛說，研究員聽說你打聽張家兄弟的事情，非常驚訝，怎麼說呢？』

『喔，這就是重點了！他說，在進行口述歷史訪談過程中，不時聽到受訪對象提到張家兄弟的名字，但是如何打探，都沒有張家後代子孫的消息，從他們在戰時的貢獻與戰後的官位看來，影響力都不小，還得到蔣介石頒發的抗戰勝利勳章，張席祺與張邦傑甚至名列國府接收台灣的前進指揮所重要成員，當時前進指揮所祕書長葛敬恩之下的台籍人士，就屬張氏兄弟的官階最高了，為什麼後代子孫沒有人繼承衣缽，延續政治勢力，反倒在二二八事件之後，就迅速銷聲匿跡，對台灣這批研究近代歷史的學者來說，簡直是個謎……』

『是個謎啊！』幸子重複直人的說法，自己好像也陷入謎團中，『其實在我們親戚之間，他們確實也成為謎，只聽說張席祺死後覆蓋共產黨旗，等同於國葬，至於張邦傑與張席君的下落，完全沒有人談起，唉，確實是謎啊！』

這時，幸子看見直人的雙眼突然往上勾，雖然戴著口罩，但她似乎可以確定口罩後面的嘴角，應該也是往上微揚的弧度。

『既然是謎，就該想辦法解開啊！』直人的口氣突然變得積極，『首先，我們應該把時間清楚劃分。』他在筆記本空白頁面寫下時間座標：

一九四五：台灣光復

一九四七：二二八事件

一九四九：台灣海峽封鎖

一九五〇：『學委案』白色恐怖事件

『看清楚囉，這四個時間座標非常重要，根據史料記載，還有親戚之間的說法，都可以確認台灣光復那年，張氏兄弟曾經列為國府接收台灣前進指揮所要員，還曾經任職行政長官公署，一九四九年之後，可以確認張席祺在安徽創校，甚至在安徽終老，至於他為何返台之後又去了中國，另外兩位兄弟究竟在哪裡，有沒有在二二八事件喪生，或牽扯在白色恐怖事件之內，就是我們必須釐清的關鍵了。』

幸子不得不佩服學長的邏輯推理能力，除了讚歎之外，她自己的腦袋，被瞬間湧上來的訊息快速填充，思緒膠著混亂，一時之間，也答不上話。

直人則是看著自己寫下的時間座標，筆尖在那四個年份之間爬行，眼神又往上勾，發出呵呵的笑聲，『信不信，我其實找到一些蛛絲馬跡了！』

幸子看著直人的瞳孔倒映反射的神祕光澤，忍不住抓起筆記本往他頭上敲，『快說啦，幹嘛這麼神祕！』

『好啦好啦！今天我之所以遲到，是因為接到那個研究員的電話，提到上星期在近代史研究所的「林獻堂日記解讀班」上課時，讀到一九四九年一月的日記內容，赫然在這位台灣民主運動者老的親筆日記中，提到他前去拜訪張邦傑的記載，這表示什麼呢？』直人停頓了一下，『沒錯，就是妳想的，表示一九四九年，也就是二二八事件過後兩年，張邦傑還在台灣，這算不算重要線索呢？呵呵！』

『哇，很重要啊，學長，你立了大功了！』

幸子不知不覺也跟著直人呵呵笑了出來，密閉的檔案局研究室裡，充滿兩人與沉默的機密檔案對比突兀的雀躍心境。

『夠了，別誇獎了，這樣子我會更得意的，人一旦得意之後，會出現自我膨脹的幻覺，腦袋會變鈍，呵呵。』直人用力咳了幾聲，喉嚨似乎有點沙啞，『我講完電話之後，一瞬間有了想法，隨即上網連結資料庫，居然讓我緊急調閱到兩份重要的機密檔案，妳看，就是這兩份！』

直人從桌上抽出兩份特別用透明資料夾保護的文件，『先看這一份，日期是民國三十六年，也就是一九四七年四月十一日，由當時的台灣省主席「陳儀」上呈中國南京「蔣主席」的電文內容，提到台灣政治建設協會張邦傑報告台灣警備總部繼續捕殺人民達萬餘人等情事，經查證「並無捕殺無辜」等經過事實，用白話一點的說法，就是張邦傑向當時人在南京的國民黨主席蔣介石打小報告，陳儀回了電報喊冤，說他沒有濫殺無辜，大概就是這個意思。注意喔，日期是二二八事件之後的四月份，表示張邦傑並沒有在二二八當時喪生，而且極有可能，那時他也在南京，根本不在台灣。』

直人小心收好第一份檔案資料，接著拿出第二份，『先看右上角這個小框框，有點模糊，只要仔細看，還不難辨識，這是一份保密局呈給國民黨蔣主席的情報，日期是一九四七年十二月三十一日，這份情報是從台灣發出去的，這裡有保密局經辦人員的姓名，情報內容摘要提到「台灣不肖分子勾結外人陰謀獨立自治活動」可以分成美國、日本、蘇聯三方背景，妳看看第一項。』

直人將資料遞給幸子，檔案資料是用小楷毛筆書寫的，對習慣閱讀電腦輸出字體的幸子來說，手寫字還是有閱讀上的障礙，不過她還是努力辨識，想辦法把小楷書寫的文字讀出來。

『以美國為背景者：該派以美國派駐台灣新聞處處長卡度為中心人物，擬與前在國際問題研究所、現駐日本東京張邦傑合作……』

幸子讀完那一段，轉頭看著直人，驚訝得說不出話來。

『怎麼會這樣子？從國民黨少將，蔣介石的強烈擁護者，變成勾結外人陰謀獨立自治活動的不肖分子？這樣子會不會轉變太大？而且從這個時間點看來，二二八事件發生當時，他也許真的不在台灣，四月份在中國南京，十二月份又去了日本東京，從時間座標來看，似乎是這樣子喔？』幸子有點語無倫次。

『沒錯，從時間座標看來，確實是這樣子，不過，幸子，一開始我就跟妳強調過，時空環境都不同了，我們很難用現在的角度與觀念來判讀當時的政治環境背景，那個時代的殺戮氛圍，跟現在用電視ＳＮＧ搶版面的作秀生態比較起來，要嚴苛殘酷好幾萬倍。我們現在看到的兩份公文電報的發文者，一份是當時在台灣身處二二八風暴的陳儀，一份是戒嚴時期極為神祕的保密局，他們跟當時的國民黨主席蔣介石之間的電報往來，只能作為張邦傑在二二八事件之後仍舊活躍於政壇的證據而已，至於張邦傑個人的歷史評價如何，有沒有從蔣氏的忠實擁護者，變成勾結外人叛亂的不肖分子，證據都不夠，妳瞧瞧現在台灣政治圈裡的人物，有多少類似的影子，多少相同的恩怨，那時候動輒拿生命來抵押，現在呢，上電視call in節目就行啦！』

『說得也是，政治情勢跟環境都不一樣了，看起來，我們好像比較幸福喔？』

『幸福多了，但也不夠快樂，想想遠古時代，沒有電視沒有網路，幅員那麼大，對那些偏遠村落，對那些看天吃飯的尋常百姓來說，說不定京城已經改朝換代了，還渾然不知，不像我們，兩伊戰爭開火都有衛星實況連線，妳說，到底誰比較幸福？誰比較快樂？誰離戰火比較近？誰又離生活的智慧比較遠呢？』

聽直人學長這麼說，幸子倒是安心了，之前她還有點不安，生怕史料一攤開，自己的親族長輩，正是殺戮行動的助拳人，唉，這助拳人的說法，其實也是自己看日本漫畫的慣性，這一代畢竟幸福，沒有戰爭恩怨與民族主義的桎梏，娛樂破除了國界魔咒，也畢竟是苦過來了，怎麼說，都不要走回頭路啊！

『幸子，這份保密局的情報，還有一個驚人的線索，就是「國際問題研究所」，聽說是抗戰時期非常機密的情報組織，而且經過中研院近代史研究所的研判，張家年紀最小的張席君，很有可能就是戰爭時期極為神祕的情報人員，長江一號！』

幸子嚇了一跳，『長江一號？不會吧，那不是杜撰出來的人物嗎？』

『關於長江一號的傳聞非常多，戰後也有人被迫貼上標籤，或莫名其妙對號入座，也有寫成劇本，拍成電影，可是張席君為長江一號的說法，在近代史研究圈裡，早就有傳言，張席君曾以「張大江」為化名，研判「長江一號」是取其簡寫。當時以光華眼科為核心的情報集團，多數是戰時活躍於中國的台籍人士，不管是日文、北京話還是台灣話，都難不倒他們，他們構成綿密而低調的情報網，國民黨以「國際問題研究所」為其掩護，所有情報人員都隱藏姓名身分，只以「長江一號」為情報傳遞的代號，因此長江一號不只一人，但首腦人物應該是張席君沒錯，戰時國共兩黨曾經有聯手抗日的約定，也有傳聞國研所的情報，一份給國民黨，一份給共產黨，張席君在戰後到底有沒有返回台灣，還是在上海終老，幸子，接下來的重要任務就交給妳了！』

『我？為什麼是我？』

『當然是妳囉！如果可以回到上海光華眼科，只要跟張家兄弟碰面，弄清楚所謂的「國際問題研究所」是什麼組織，或知道戰時在上海光華眼科蒙著眼睛偽裝病人的情報人員到底是不是為國共兩黨工作，這樣子，我們大概可以知道徐謙田為什麼被捕，弄清楚之後，就可以想辦法策劃一場回到過去的營救行動了……』

15

幸子花了好幾個小時，才把直人從檔案管理局調閱的資料影本讀完，那些從來不曾出現在自己生命中的人物與事件，逐漸在她腦海裡勾勒出重生的草圖輪廓，她邊讀邊嘆氣，心情簡直跌到谷底深淵，是那樣的年代啊，竟然有這麼多不可思議的事情。

幸子不免感慨，原來歷史教科書讀到的，僅僅是風化結晶的碎片，拿來應付考題的速效膠囊而已，況且，幸子在學校的歷史成績，根本就不出色，完全在及格的懸崖邊，半個身子騰空晃蕩的慘狀。

距離上次跟謙田碰面，已經超過半個月了，幸子其實早就注意到，某個微妙的瞬間，僅僅一轉身，一回眸，隱約意識到謙田就要來了，可是那詭譎的氛圍淡去之後，卻又靜得出奇，四周空氣緩緩飄散先前與謙田相遇時，不時浮現的淡淡消毒藥水氣味，幸子因此跌入短暫幾秒瞬間的空茫恍惚，整個人好像從急速轉動的陀螺抽離，緩緩地，搖晃搖晃，終於停歇之後，手指末梢於焉浮現一股輕微觸電般的痠麻。

因為輕微的痠麻，幸子反倒懷疑謙田在時間缺口遇到什麼險境，那痠麻的感覺，會不會是藉由人體摩斯電碼發出的求救訊號，不曉得給什麼提示？該如何應對？如此一來，讓她更加焦慮，萬分掛念。

直到稍有秋意的傍晚，幸子行經台北車站『南三門』，在一批集會抗爭遊行的人群裡，突然瞥見謙田的臉，隱身在那位拿著擴音器演講的媒體名嘴後方，看起來瘦了點，臉色呈現蠟黃，鬍子沒刮，頭髮也長了，神情憔悴，眼皮還有點浮腫，仍舊穿著白色襯衫，兩手扠腰，似乎很生氣。

幸子先是朝他揮手，但兩人相隔實在有點遠，謙田也專注聽演說，眼光直直盯著媒體名嘴，還不時搖頭皺眉，很不以為然的樣子。

幸子只好繞過人群，往謙田的方向快步移動，又怕謙田突然離開，於是邊走邊踮腳尖張望，不協調的動作，看起來很滑稽。

突然間，群眾發出大聲怒吼，也有人鼓掌叫好，穿插高分貝的激動咆哮，顯然媒體名嘴的演說內容挑起群眾的敏感神經，周遭溫度瞬間飆升上來。

眼看就要靠近謙田了，卻見他一個箭步衝向前，伸手搶走媒體名嘴的擴音器，用力摔在地上，再惡狠狠盯著對方，一副要幹架的模樣。

現場一片譁然，那位名嘴顯然被突如其來的舉動嚇傻了，一時之間，還反應不過來，嘴巴半開，楞在原地。

群眾之中開始有人鼓譟，還有一位穿著黑色夾克的男人突然激動莫名，對著謙田吼叫，表情非常兇狠。

幸子不曉得哪裡來的力氣，一個箭步往前，抓住謙田的手臂，拉著他一起往車站地下通道拔腿狂奔。

群眾之中，有人高喊：『打死他、打死他……』

咆哮聲此起彼落，有恨意，有挑釁，還有莫名其妙跟著發飆的混亂尖叫，從人群五臟六腑集體噴發出來的怒氣，迅速氳升，迅速氳升，像逐漸膨脹的壓力鍋，嘶嘶嘶嘶，還不斷噴灑滾燙的水蒸氣，緊緊跟隨在幸子和謙田的後方，一步一步進逼。

地下通道恰好湧出一波捷運列車到站人潮，幸子拉著謙田，迅速鑽進蟻窩狀的分岔出入口，先跑進連鎖咖啡店的昏黃燈光裡，再穿過等待點餐的人龍，經過誠品書店雜誌區，接著穿越迴轉壽司店與日式漢堡店之間的狹窄走道，幸子邊跑邊回頭，發現那些拿著抗議旗幟與瓦斯氣笛追過來的人，似乎失去追逐的目標，站在人來人往的廣告燈箱前方東張西望，表情看起來還是很憤怒。

在那瞬間，幸子突然感覺自己變得堅強無比，好像沒什麼好懼怕的。

衝向捷運地下街的樓梯時，剛好遇到一群香港觀光客堵在通道中央，幸子乘機帶著謙田混進人潮中，再拐彎右轉往燈光暗處躲藏，發現自動提款機旁邊有一張長條凳子，幸子跟謙田兩個人才安心坐下，呼吸急促，拚命喘氣，說不出話來。

前方是通往清掃工作間的狹窄通道，沒有燈光照明，除非是工作人員，否則一般路人是不會走到這個角落來的。

幸子又一次探頭確認沒有人追過來，才小聲詢問謙田，到底怎麼回事？為什麼搶演說者的擴音器？

謙田兩頰的腮幫子鼓鼓的，看起來真像賭氣的大孩子，即便他已經不年輕了。

幸子遞給他一包隨身面紙，謙田看了一下，愣住了，不知道該怎麼辦。

幸子趕忙取回面紙，扳開外包裝塑膠紙，抽出一張面紙，交給謙田。

『擦擦汗吧！這叫做面紙，你們那時代沒有，我們這時代可普遍了，你看看，這是台北市議員競選期間，助選員在黃昏市場發送的，這是登記第五號，我還有四包登記第三號的，如果是玩撲克牌大老二，這就是「鐵支」，很強，肯定贏的！』

幸子自說自話，樂不可支，可是謙田看著她，完全不懂幸子的意思。

『市議員競選？送這個？什麼意思？』

『也不只有面紙啦，有時候是扇子，帽子，還有繳錢買餐券吃流水席的募款餐會，競選期間大家互揭瘡疤，比邪惡比差勁，越到最後關頭，越多候選人跑出來哭哭啼啼，說他們被抹黑，有多委屈，多可憐，我們拿這些面紙，也不知道怎麼辦，只好拿來擤鼻涕，完全不知道該投給誰！』

『唉，』謙田嘆了一口氣，『不是說好選賢與能嘛，果然亂七八糟！』

謙田拿起面紙，抿一下額頭汗水，幸子發現他的手指，似乎有擦傷破皮的痕跡，應該是剛才搶奪擴音器的時候，意外弄傷的。

謙田不說話，幸子也不好意思追問，半個月沒見，兩人竟然生疏起來。

已經有兩位負責打掃的歐巴桑從他們面前經過，她們心裡可能覺得，是一對年齡懸殊的情侶正在鬧彆扭，或年齡差距不大的父女正在生悶氣。

幸子微微轉頭，用眼尾餘光偷窺謙田，瞧見他頸部青筋急速抽動，雙手拳頭緊握，於是忍不住輕拍他的手臂，『怎麼了？什麼事情這麼生氣？』

謙田雙手蒙住臉孔，用力上下摩擦幾回，還從喉嚨深處發出低沉的痛苦呻吟，幸子嚇了一跳，本來想拍拍他的肩膀，問他是不是身體不舒服，沒想到謙田突然站起來，『走吧，去吃點東西，肚子好餓……』

為了避開火車站前的遊行抗爭人潮，兩人從『東一門』出口繞出車站大廳，走在站外廣場的紅磚道上，幸子要謙田轉身回頭看，『那裡，最高的那棟，新光三越大樓，就是鐵道飯店的位置。』

謙田朝著大樓所在的天空看了一眼，路燈恰好映照他下顎參差不齊的短鬚，還有那跟隨吞嚥口水而上下浮動的喉結，咕嚕咕嚕，像浮標，吊著滿腹心事。

短暫幾秒，幸子已經明瞭，此刻的謙田，心事重重。

兩人默默往市民大道的方向走，經過地下停車場出入口之後，謙田突然停住腳步，驚訝喊著，『這裡，是梅屋敷嗎？沒什麼改變啊，現在還是旅館嗎？』

『梅屋敷？』幸子發現謙田手指的方向，正是國父史蹟紀念館。

『是啊，我記得梅屋敷的老闆叫做「大和宗吉」，一開始只是一間小屋，後來又增建「吾妻別館」兼做料理，孫中山先生曾經來此小住，會見同盟會台籍同志。光復後，改名「新生活賓館」，老闆變成吳子瑜先生，以前有幾個泉州來的藥商住過這裡，我來探訪他們，對這旅館很熟悉啊，現在，還是旅館嗎？』

『已經不是了，變成國父史蹟紀念館，不收門票，可以自由參觀，還曾經因為鐵路地下化工程，位移了一段距離，應該跟你們那個時代的位置，有一點小小差距。』

謙田站在日式建築物前方，抬頭看著華燈初上的夜景，臉上浮現思慕的懷舊情緒，手指著熙來攘往的街道，『這裡是御成町，前面是勒使道路，一直往北走，經過宮前町，過了明治橋，就是通往台灣神社的參拜路線。』謙田拉著幸子，緩緩往前走，『沿路都是楓香和樟樹，美麗的三線路……穿過三線路，對面就是大正町，一條通、二條通到九條通，再過去就是三橋町公墓和極樂殯儀館……妳瞧，那中央的銅像是總督「兒玉源太郎」……』

幸子跟在謙田身旁，瞧見下班車潮來來去去，還有交通警察站在市民大道紅綠燈前方吹哨子，根本不是楓香與樟樹環繞的三線路，也沒有總督兒玉源太郎的銅像。

謙田顯然不在意，他輕聲哼著曲調，『月色照在三線路，風吹微微，等待的人，那未來，心內真可疑，想未出彼個人，啊……怨嘆月暝……』

歌聲真好，有中年男人的磁性與恰到好處的蒼涼。

謙田凝視遠方，鵝黃暮色裡，捎來淺秋季節舒爽的涼意，『我記得啊，一九三三年，我從上海搭華聯輪回台灣，恰好遇到農曆春節，寄住大稻埕茶商家裡，過年賭博，把半數旅費都賭光了。那時，人在上海的張席祺先生，被軍統局抓去監禁在龍華警備司令部半年之後，才在華僑總會發動全島華僑具名聯保的壓力之下，得以釋放出來，上海已經陷入一二八淞滬大戰的戰火之中，我是打算返回台北城內開業的，已經在台北榮町租好眼科診所，距離剛開幕的菊元百貨不遠，那時才二十五歲啊，青春正好，朋友在公會堂附近的古倫美亞唱片當樂師，我經常藉口去找他，其實希望見到當時的紅歌星，愛愛與純純，還有剛剛唱的那首〈月夜愁〉的填詞人，周添旺……』

幸子小心翼翼看著謙田，仍是微風吹拂神清氣爽的愉悅，彷彿三線路月色正好，跟方才因為搶奪媒體名嘴擴音器慘遭追逐的憤怒相比，似乎變成另外一個人。

『繼續往下走，有汕頭抽紗廠、隔壁是簡婦產科，還有青年理髮店、林田桶店、上海新生公共食堂、廣州飯店……不如，我們去紅寶石酒樓吃飯，或乾脆去太平町的蓬萊閣、江山樓、還是東薈芳、天馬茶房……』

謙田拉著幸子，隨興囈語，喃喃訴說他那青春美好的三線路歲月，後來索性沿著中山北路小跑步，初秋傍晚，車燈綿延，成為一條閃閃發光的車河，經過林田桶店，謙田興奮高喊，『妳看，林田桶店，我剛剛說的林田桶店就是這裡啊！』

幸子緊握謙田發燙的手掌，開始懷疑兩人看見的街道，會不會在時間缺口的錯亂時序中，切割為彼時的勒使道路與現時的中山北路，林田桶店變成古今唯一有所交集的地標，只要過了林田桶店，謙田的時代就會消失了，即便美國領事館的白樓還在，但是已經變身台北之家和光點電影院，庭園咖啡的白色帆布大傘底下，會出現裝扮新潮的晚餐消費群，勒使道路盡頭的明治橋後來改成中山橋，最終也支解拆卸成了水泥屍塊，台灣神社變成飛簷紅瓦外加雷射光束投射的圓山飯店，再繼續走下去，謙田會不會急促凋謝成白髮蒼蒼的老人，這不是他應該活著的年代啊！

『好了，不要往前走了，就在這裡停下來，把話說清楚，』幸子拉住謙田，站在林田桶店的紅白磚造拱門騎樓底下，『究竟是怎麼回事？你消失了半個月，到底去了哪裡？為什麼混在抗爭遊行的人潮裡面？為什麼搶擴音器？又為什麼生氣？』

謙田把頭撇開，不發一語。

『再往下走，你會遇到穿低腰褲露肚臍露乳溝的逛街辣妹，就算拐彎走到太平町，那裡也沒有蓬萊閣、沒有江山樓、更沒有東薈芳和天馬茶房，一切都變了，現在是你死後的世界，就好像我也去了你活著的時代，風景不一樣了，人心也不同了，在乎的事情全變了，我這樣解釋，你應該很清楚吧？』

林田桶店飄散著木料香氣，幸子捏著謙田的手，感覺那香氣霎時撲上來，騎樓頂的燈光彷彿也閃了幾下，她的身心靈不斷掙扎抗拒，不行，不能讓時間反轉，她要想辦法讓謙田留在這個時間點，有些事情，一旦回到過去，就沒辦法說清楚了。

幸子繼續用力捏住謙田的手掌，渾身血液像急促奔流的溪澗，她已經感覺耳邊風聲簌簌，衣袖快速翻飛，雙腳緩緩離地，好似下一陣強風，就要把人捲進時間漩渦裡。

她急忙伸出另一手攬住謙田的肩膀，幸子似乎感應到謙田也努力著不被時間磁場拉扯進去，他甚至頂著逐漸強勁的風勢，把雙腳騰空的幸子抓下來，瞬間失去重心，兩人踉蹌跌在地上，手掌觸及林田桶店的廊柱，幸子抬頭發現綠色路標寫著長安西路，霎時安心不少，整個人因此鬆懈下來，瞧見謙田滿頭亂髮，才開心笑了出來，『成功了，我們成功了，沒有被時間缺口吸食進去，你可以多留一個小時，或者更久，對不對？』

謙田嘴角微微上揚，看似微笑，卻也不是那麼盡興，好像還帶著憂心……

16

『妳不是很想知道，這半個月，我到底去了哪裡？』謙田喝了一口海帶蛤蜊湯之後，主動開口說話。

兩人坐在中山北路小巷裡的日式料理店，約莫十坪大小，五張桌子，日籍老闆娘的家常手藝，店內只有一個來台灣學中文的神戶女孩幫忙招呼客人。幸子很喜歡這裡的料理口味，於是把謙田帶來，兩人一路上沒有說話，直到鮮甜的蛤蜊湯入喉，才突破尷尬僵局。

『對我來說，應該不算半個月，而是零碎的時間切片，我在切片與切片的空隙奔竄，想辦法跟「時間之神」談條件，嗯，我是說，如果真的有「時間之神」的話……』

『跟「時間之神」談條件？什麼意思？』

『嚴格說起來，我並沒有見到所謂的「時間之神」，我只是努力練習，不斷嘗試，希望可以爭取到兩次機會，甚至三次、四次機會，能夠重複回到同一天，如果真的如願，那就代表我可以重新回到一九五〇年六月二十日的台大醫學院東館二樓，也可以提前在白天就到大講堂把世泓帶走，倘若實驗成功，那也表示我自己有機會躲過二二八當時的捕殺行動，而且機會不止一次，我可以不斷嘗試，不斷修正，直到甩開捕殺大隊，直到成功逃脫，或根本提前避開那場聚會，避開那條沿著圓環行經日新公學校的死亡之路，或者，或者……』謙田一時語塞，口氣變得結巴。

『所以，實驗成功了嗎？』

『唉……』謙田嘆了一口氣，『沒有，根本沒辦法，我只要接近時間銜接的臨界點，就會反彈得更遠，我在時間軌道拚命奔跑，自己經歷過的人生，像一部快速倒敘的黑白電影，我好像看著別人的故事，最後才想起自己會不會早就在那場捕殺行動之中斷氣了，只因為沒有人收屍，於是變成世間遊魂。是這樣嗎？我真的不清楚……』

幸子心頭一驚，謙田的『世間遊魂』之說未免太唐突了，讓她渾身哆嗦，心頭一揪，無法確定那究竟是不是懼怕。

這時，她瞧見料理店牆上有一面長鏡子，如果把身體稍微往左邊挪一下，按照鏡面折射的角度，應該可以看見謙田的身影，但前提必須是，謙田不是鬼魂。

雖然是神怪小說與靈異故事學來的招數，要說迷信無知也好，反正一時之間，也想不起其他科學驗證的方法，也只能這樣了。

即便內心忐忑，幸子仍舊決定把身體往左邊靠，挪到裡側的位子，然後緩緩將視線投向鏡面，一開始被送餐的神戶女孩擋住，等到她離開之後，幸子屏住呼吸，勇敢睜大眼睛，先是從鏡子裡看到桌面兩碗海帶蛤蜊湯，兩份餐具，然後，謙田的側臉出現了，白色襯衫，手掌撐著下巴，跟鏡子之外的真實影像，一模一樣。

幸子總算鬆了一口氣，還抓住迎面而來的神戶女孩問道，『我們點兩份餐，一份燒烤鰻魚定食，一份蔥花鮪魚拌飯，沒錯吧？』

穿著紅格子圍裙的神戶女孩臉上堆滿笑容，『沒錯啊，你們兩個人，點兩份餐，還是，你們想要再點些什麼呢？和風沙拉嗎？還是，來兩份玉子燒？』

幸子笑開了，搖搖手，等到服務生離去之後，她低聲跟謙田說，『你看吧，根本不是遊魂，不要亂講，遊魂是沒有腳的，你的腳，好好的，還穿著鞋，』幸子踢了一下謙田的腳，還刻意低下頭去，『天啊，你的鞋，竟然開口了，大腳趾那邊，破了一個洞，這樣子不行，等等吃完飯，我們去買鞋！』

經過幸子這麼一鬧，謙田似乎寬心不少，胃口也變好了，一整份燒烤鰻魚定食，吃個精光，還把幸子吃不完的蔥花鮪魚拌飯也一併吞進肚子裡。

等到神戶女孩送來兩碗紅豆涼粥之後，謙田終於提到之前在火車站南三門跟抗爭遊行人士起衝突的原因。

『原本，我回到一九五〇年的端午節，行經台北車站，發現車站布告欄張貼著馬場町處決死刑犯的名單，我看見曾經在明治製菓店一起喝咖啡、聽古典音樂的朋友姓名，出現在那批死刑犯的名單最末一個，他是內科醫師，長得粗獷高大，像隻黑熊，在川端町開業，大概長我五、六歲，我們算交情不錯的朋友，我想，在妳們所說的「二二八事件」之後，他也許四處打聽我的消息，甚至四處找我的屍體……』

謙田擱下瓷湯匙，眼角些微濕潤，好像很難過。

『我突然想起自己有兩本談論馬克思的書還在他那裡，不知道是不是因此牽連他被捕，看著他的姓名被毛筆書寫在生死簿的最末端，油然而生的愧疚感，逼得我渾身戰慄，那附近有幾個警察來回踱步，我急忙離開，摀住嘴巴，忍住抽搐，一踏出車站大堂，見到外頭刺眼陽光，一眨眼，隨即翻轉半個世紀，我居然站在一堆嘶喊口號的人群中，他們的眼光追隨那個站在演講台上、還拿著擴音器的人，不斷鼓掌，不斷叫好，還有人激動落淚，非常情緒化，好像正在進行一場神壇祭典，集體射出膜拜的光芒。我實在很好奇演講者的身分，於是站在他背後，看他手舞足蹈，像神明附身的乩童，明明是一場抗爭遊行，怎麼會有燈光舞台，還有配樂，那是表演嗎？還是廟會？』

幸子忍不住笑出來，『現在的抗爭遊行，都是這樣啊，甚至有專門的公關公司負責活動企畫，還要買下新聞報紙版面做宣傳，很花錢的啊！剛剛在火車站南三門，拿擴音器對著群眾發表演說的人，是個媒體名嘴，這也是近幾年才有的新行業，這些人當過幾年記者，後來轉型成為電視談話節目的常客，什麼話題都能談，有時候還要配合節目效果，互相吵架，爭辯得越兇越好，要說是表演，勉強也算吧！』

謙田搖搖頭，覺得不可思議，從他痛苦的面容看得出滿肚子火氣，但也無能為力，儼然被新世紀的時髦行徑打敗，喪氣與無奈交相煎熬，只好勉強擠出酸楚的苦笑。

『我站在那個演講者的背後，盡量耐住性子，壓抑，壓抑，不要動怒，沒想到，越聽越生氣，他正在訴說一段戰後歷史，他提到的人、事、地點，跟真實的落差太大，根本胡扯，但是他說話的口吻和青筋暴露的激動模樣，好似他自己就在歷史事件之中，還不斷強調，他有可靠線索，有人證，哼，太離譜了，實在太離譜了，所以我搶下擴音器，因為我想對群眾澄清，我想說出事實，那個傢伙提到的歷史，根本就是道聽塗說，我才是親身參與的見證人……』

『親身參與的見證人？真的嗎？』幸子吞下最後一口紅豆涼粥，急於想要知道謙田提到的事件，究竟是什麼。

『我不曉得後人怎麼解讀那段終戰後的台灣歷史，對我來說，只有一種強烈的渴望，一種戰爭終於結束，可以安心回家的渴望，我搭船抵達基隆港的時候，海面飄起大霧，遠遠看著台灣海岸線，眼淚就忍不住掉下來。我以為從此太平，日子平平順順，可是那段日子實在不好過，生活必需品的價錢逐日飛漲，錢幣越來越薄，要說二二八事件發生的導火線是天馬茶房附近查緝私煙打死人，我倒認為在那件事情發生之前，早已注定後來事態演變的結果。歷史上的改朝換代，向來都是新君主用武力威嚇百姓，讓百姓心生畏懼，才容易統治，容易發號施令，那時候的台灣，當真說起來也算改朝換代，統治者難免是這種心態，就算我們一群人從文化協會時代就鼓吹民主，但民主在那緊要關頭，變得膽顫心驚，誰要敢大聲疾呼，幾乎都是提著腦袋去典當，說起來，真是悲哀……』

謙田嘆了一口氣，面容看起來更憂戚。

『我記得那天深夜，我和一位《人民導報》記者在一起，聽說事情鬧大了，兩人跑到大稻埕藥商那裡探消息，果真幾天之內，從電台廣播不斷聽到全島各地傳來不好的消息，陸續有學生組成忠義服務隊維持城內秩序，我也跟著熟識的市議員進出公會堂討論因應對策。在那之前，張席祺先生已經返回上海，專心教學和眼科研究，我知道他對台灣政局是灰心了，他在台灣曾經幫祕書長葛敬恩處理政務，一天收入據說可買一輛福特車，可是他自己往返台南洽公，卻搭三等有軌電車，帽子和靴子都是破損不堪用了，才由妻子逼著買新帽新靴更換，當時有種說法，對私生活嚴苛的人，可能就是共產黨，不然就是同路人，但我直覺張先生對國共兩黨其實沒有什麼特別的成見，他們家三個兄弟在戰後都得過蔣介石頒發的勝利勳章，他還當選新竹民選的議員，也有傳言他回台灣是要接掌台灣帝大校長，那時太亂了，台灣亂，中國也亂，檯面之上，有權力野心的人，都想要趁混亂分一杯羹，搶地盤的吃相，跟土匪分贓比起來，過之而無不及啊……』

謙田的口氣越來越激動，雙手握著拳頭，往事倒述的情緒，一鼓作氣衝上腦門，幸子完全插不上嘴。

『相較於席祺先生的消極離去，張家老三張邦傑可不認輸，積極結合許多戰後返台的半山派勢力，包括蔣渭水的弟弟蔣渭川、金融家陳炘、茶商王添灯等社會菁英，組成台灣民眾協會，後來改名台灣省政治建設協會。另外有大陸返台的台籍人士組成憲政協會，兩派人馬頗有意見相左互打對台的意味，不過張邦傑這派顯然得人心，影響力比較大，看在官派省主席陳儀的眼中，很不是滋味，於是想盡辦法要把激進派的張邦傑驅出台灣，張邦傑也就憤而辭去官職，我知道他帶著再婚的妻小返回上海，住在錦江飯店。二二八事件發生後，他號召上海的六個台灣團體，草擬一份二二八慘案告全國同胞書，我記得很清楚，三月六日那天，他從上海打電話到迪化街巫先生住處，告知蔣介石即將派兵來台灣，那時，我就在巫先生旁邊，這消息，我知道得一清二楚，兩天之後，二十一師果然在基隆登陸，殺戮行動一發不可收拾……』

幸子看著謙田佈滿血絲的雙眼，發現他已經陷入莫名的激動情緒裡，那些穿插轉述的人名與事件，像斷線紛沓的線索，頻頻朝向幸子猛烈投擲。幸子努力反芻思索，仍舊無法理解謙田對那位媒體名嘴的憤怒。

『所以，你覺得那個媒體名嘴，說錯什麼嗎？』

『要說終戰之後到二二八事件發生，僅僅一年半時間，當時的社會氣氛，確實有期待與失望的落差，像我和張家幾個兄弟，戰時賣命對抗日本軍國主義，多少是渴望民主太平日子到來，畢竟戰亂多年，誰都想要安穩過生活，我們私底下交際的日本友人也不少，大家各有理想看法，最終不就是圖個現世安穩嘛。我不知道其他人怎麼想，我自己是膩了那種生活，要不是蘆溝橋事變，中日正式宣戰，我也不會擱下台北榮町這邊的眼科診所，重新返回上海，追隨張家兄弟做情報工作，要說我有什麼企圖，或我們這些人有什麼野心，如那個唱戲表演活像乩童的媒體名嘴說什麼滲透顛覆叛國的有計畫行動，簡直胡扯！』

謙田伸出右手拳頭猛力敲桌子之後，隨即沉默，不再說話。

幸子大概懂了，謙田覺得自己被那位媒體名嘴惡意誣陷，才會衝動奪下擴音器，畢竟對謙田來說，這年頭的政治抗爭有太多意識型態的對峙，許多真實會被曲解，會用不同的角度解讀，但這些對於謙田來說，都太陌生，也太殘酷。幸子必須想辦法化解謙田心頭那股憤恨的情緒，她必須謹慎措辭，但又不知如何拿捏分寸，也只能拿自己對那段歷史的懵懂當砲灰，就算被謙田嫌棄取笑或抱怨，也無所謂。

幸子故意將音調壓低，緩緩地，唱歌一般，『可是啊，二二八事件在戒嚴時期，是不允許談論的，因為不允許談論，就好像從時間脈絡硬生生抽掉一段，乾淨塗抹，沒有人死亡，沒有人開槍，就好像我一樣，從這套歷史教育體系養成的世代，當然不清楚那段過往，老一輩的人因為恐懼，也不敢談論，害怕被捕，被處死，被監禁。只不過，解嚴之後，尤其在政黨輪替之後，每到了選舉，互相仇視的政敵就拿二二八事件當成籌碼，就連我自己也必須承認，很難不受炒作而來的情緒撩撥，跟著憤怒，或跟著質疑。我想，你今天見到那個媒體名嘴，應該也選擇他自認為有利的角度去解讀那段歷史，也許，他也想綁架這個歷史事件，從中得到掌聲與認同吧！』

謙田安靜聽完幸子說的話，沒有應答，整個人像瞬間被抽離氣體的塑膠人偶，突然往後癱坐在椅子上，不發一語。

時間接近九點鐘，其他桌的客人都結帳離去了，窄小的料理店中，只剩下幸子和謙田。除了日籍老闆娘在廚房收拾碗盤的聲音之外，連那位神戶女孩都坐在收銀台後方發呆，室內一片靜寂。

兩人離開料理店之後，繞出中山北路巷弄，街道仍舊熱鬧，拎著名牌精品店大紙袋的時尚女子，從長春路那頭走過來，幸子這才想起來，說好要帶謙田去買鞋的。

挑了一雙樣式老派的氣墊鞋，幸子拿信用卡付款，謙田追問，『這硬卡片能吐得出錢嗎？』

『吐得出來啊，但不是現在，起碼一個月以後，你別擔心，算我送你的禮物，感謝你這陣子充當我的時間旅行嚮導。』

『別這麼說，妳也是我的嚮導，不過，這時候急著說感謝的話，好像以後都碰不到面了。』

『怎麼會，我們還有一件最重要的任務還沒完成，我不只要當你的嚮導，還要當你的救命恩人呢！』

幸子嘴裡開朗回應，其實心裡一陣難過，都不知道救不救得了謙田呢！

兩人沿著中山北路往圓山的方向慢慢踱步，這天夜裡，雖然有舒爽涼風，但風裡透著濕氣，肌膚表層黏膩，走著走著，幸子忍不住打了呵欠，眼皮沉重，睏極了。

謙田跟她並肩走著，兩人步行節奏與步幅都不太協調，幸子經常要小跑步才有辦法追上謙田。到了晴光市場附近，有三個穿西裝提公事包的日本中年人路過，大聲用日語談笑，謙田忍不住多看幾眼，這舉動讓幸子想起尾崎秀實。

『等等，我想問你一件事情。』幸子拉住謙田，停在一家婚紗店門口，櫥窗內的純白蕾絲婚紗，有點刺眼。

『尾崎秀實，你應該認識吧？』

謙田看著幸子，眼眸之中，冒出匪夷所思的光芒。

『為什麼問起這個人？』

謙田回話的語氣，不免讓幸子懷疑，那之中必定有所隱瞞……

17

『沒錯，我確實認識尾崎秀實，我們是打撞球的同好，跟我們一起在上海國泰戲院三樓的彈子房鬼混的，還有鈴江先生，日本人，也在朝日新聞社工作。』

謙田沉默了好一下子，終於承認他跟尾崎秀實的確熟識，而且跟幸子之前從『拆船舅』那裡聽來的消息一樣，兩人經常在上海國泰戲院三樓碰面打撞球。

『就只有打撞球嗎？』

『是啊，不然妳覺得，還需要做什麼呢？』

幸子察覺謙田回答得相當閃躲，充滿戒心與不信任。

『可是我從網路查到，尾崎秀實後來跟蘇聯間諜佐爾格在一九四四年被日本軍部處死，證實他們都在為當時的共產黨從事地下工作，所以，你跟他們，是這種關係嗎？』

『網路？為什麼尾崎秀實會在網路？』謙田對幸子的說法，似乎很困惑。

幸子知道情況變得有些複雜，她也許要花很多時間才有辦法讓謙田搞清楚，現代人有很多資訊，其實是從網路搜尋來的，與其要花這些額外的時間跟謙田解釋，她情願把話題鎖定尾崎秀實。

『哦，先不要管那麼多啦，總之，網路是我查詢資料的一種管道，就像剛剛買鞋的那張硬卡片一樣，會吐出錢來，在你看來有點荒唐，但是對我們而言，絕對正常，而且很普遍，所以，我們還是來談談尾崎秀實，你們怎麼認識的？』

『怎麼認識的……嗯，我想想，』謙田停頓了幾秒鐘，『我應該是先認識鈴江先生，後來才在一場聚會跟尾崎相識，他是朝日新聞派駐上海的記者，幼年曾經跟隨父親在台灣住過好幾年，對中國問題很有興趣，不過，他有許多看法非常深奧，我和鈴江先生同樣屬於玩樂派，對他們談論的嚴肅事情，向來不感興趣，只有在國泰戲院三樓打撞球的時候，尾崎先生的玩興才讓我覺得這傢伙還算有趣。我們用日語交談，偶爾也說點台灣話，但是我們有所交集的時間並不長，他很快就被朝日新聞本社召回東京，他被處死的消息，我也是戰後才聽說的。嚴格說起來，我對他的真實身分背景，並不是太清楚，但是要仔細推敲起來，那時進出上海光華眼科的人，倘若後來都成為影響世局的野心家或權力者，以我那時的身分視野，也是無從預知的，畢竟，到了戰爭末期，國共是說好聯手抗日的，誰知道，後來會變成這樣子，平白無故的，不管選了哪邊，都背負叛國的罪名，我經常想，會不會我自己的背上也馱了這等罪狀而不自知，所以才會死得不明不白……』

『國共聯手抗日？』幸子覺得自己彷彿抓到重點了，『所以說，當時你們在上海光華眼科的情報傳遞，也是交給國共雙方各一份嗎？』

『這件事情，說來有趣，那時在上海光華眼科，經常一樓病床躺著國民黨的人，二樓又睡了共產黨的人，至於情報如何抄寫遞交，不關我的事情，張席君先生自有決定。』

『所以，你們都隸屬於「國際問題研究所」的成員嗎？』

『嗯，檯面上來說，似乎是這樣子運作，每個人都有一組編號，情報抄寫絕對不會留下姓名，雖然國研所隸屬國民黨，但我們也以為，國共既然聯手抗日，另外抄寫一份給共產黨，也算合理吧！』

『合理？』幸子突然激動起來，『慘了，這也許是你被國民政府盯上的原因，戰時雖然說好國共聯手抗日，可是後來確實是反目成仇啊，你們同時幫兩方傳遞情報，當然被懷疑啊！』

『唉，誰會料想到後來變成這種局面，要問我心裡到底向著哪一黨，我也說不上來，我只想好好過太平日子，回到台灣有間小診所，成家，立業，生子，安穩過生活，就這麼簡單，沒別的……』

謙田的話還沒說完，突然有個路人向幸子打聽捷運站的方位，幸子不好意思推託，仔細跟對方講解如何過街如何找到捷運站入口，等到那人弄懂，點頭道謝之後，幸子才發現，謙田已經不見了。

這次相遇，謙田並沒有把幸子帶回過去，反倒被幸子留在現在，多出來的幾個小時，吃了晚餐，買了新鞋，還說了尾崎秀實的往事，沒想到竟然在毫秒瞬間，他就被時空磁軌吞噬，連一聲道別都沒有。

幸子站在中山北路紅磚道上，想起方才謙田曾經站在那裡的身形，隱約擔心自己破壞了時間旅行的規矩，倘若真的搗亂相遇的節奏，或觸怒時間之神，謙田會不會因此在無止境的輪迴裡漂流，沒辦法擁有完整的人生，不管是開始還是結束，都做不了主。

想到這些，幸子就覺得難過，害怕從此之後，再也見不到謙田了。

幸子在那附近來回踱步，反覆思索對策，卻想不出什麼好方法讓謙田可以重新回來，畢竟在時間不斷奔走的洪流中，她完全沒有阻擋歲月流逝或倒敘的本事。

懸宕在內心的掛念，讓幸子完全失去等待的耐性，她隨即跳上公車，返回台北車站，重新走向『東一門』出口。來到國父史蹟紀念館門前，已經超過參觀時間，老建築的大門深鎖，幸子抬頭看著黝黑靜默的屋瓦，想起謙田提及的梅屋敷舊稱，以及兼做料亭的『吾妻別館』，不知不覺，竟聞到烹煮食物的香氣，有柴魚昆布熬湯的甜度在其中，這味道鮮美極了，幸子不免竊喜，刻意閉眼冥想一番，再睜開眼睛時，已經瞧見大門兩側垂掛紙糊燈籠，三輪車載來幾個穿著西裝的男客人。幸子突然想起自己的裝扮會不會太突兀，趕緊躲至暗處，還好這天穿了灰色格子及膝裙，上身是白色樸素半袖襯衫，倘若要認真挑剔，腳上的勃肯機能鞋倒是時髦過頭，不過這時候也管不著那麼多了，她拿出背包裡的針織薄外套穿上，至少這模樣還挺像清純學生，不太顯眼就好。

初來乍到舊世代，幸子對眼前的狀況一片懵懂，之前幾次穿越時空的機會，都有謙田在一旁提示，這次單槍匹馬，顯然要多費一點功夫。

幸子走到梅屋敷門口，站在燈籠旁邊偷偷往內張望，庭園綠樹與石燈造景，掩身其中的日式木造平房更顯幽靜，穿廊燈光幽微，並無一般吃食場所的喧鬧氣氛，如此寧靜，反倒不尋常。

這時，有一部黑頭轎車駛近，車子停妥之後，從車內走出兩位身穿淺灰色西裝的男子，兩人低聲交談，神情都很嚴肅，他們行經幸子身旁時，並沒有察覺異狀，直接快步走進梅屋敷，穿廊盡頭有幾個人出來迎接，互相低聲寒暄，一群人隨即走入屋內，紙門迅速掩上，看起來，應該是一場神祕的聚會。

幸子躡手躡腳繞到屋舍另一頭，瞧見兩個女侍應生在木頭走廊小碎步快走，忙著遞酒上菜，紙門開開闔闔，幸子瞧見剛才下車的其中一個男子坐在長桌主位，已經脫去灰色西裝，穿著短袖白色襯衫，面容看起來有點熟悉，似乎在哪裡見過。

幸子根本聽不清楚那群人的交談內容，隱約聽見台灣話與日本話夾雜，偶爾出現憤怒高亢的語調，隨即被低聲勸說，似乎在埋怨什麼人，或對於某個決定有所不滿，但是支離破碎的字句與抓不著頭緒的時空背景，讓幸子的埋伏竊聽，斷斷續續，徒勞無功。

當幸子低頭驅趕腳邊的小黑蚊時，紙門突然打開，一個人影竄出來，往幸子的方向走來。突如其來的舉動，讓幸子措手不及，想要拔腿逃跑，卻被庭園的磚頭絆倒，冷不防往後跌坐在地上，痛得叫出聲音來，剎那間，才想起自己原本埋伏在暗處竊聽，叫喊聲想必是驚擾到那位推開紙門的人，一時半刻也找不到妥當的應對方式，只好往樹叢挪移，先把自己藏好再說。

四周陷入沉寂，連屋內的交談聲音也歇止，幸子悄悄探頭，謹慎來回張望，走廊毫無人影，就連剛剛推開紙門，朝這裡走來的人，都不見了。

幸子覺得納悶，才幾秒之間，為什麼境況急速翻轉，會不會時間已經被抽離，梅屋敷的場景，早就抽換成新世代的國父史蹟紀念館了？

在暗處屏息靜待幾分鐘之後，幸子覺得情況越來越詭異，決定站起身來。如果時間已經位移，那麼，往台北車站的方向望去，位於四十五度仰角的天空，應該會出現新光摩天大樓的樓頂紅色警示燈，而靠近梅屋敷的這一頭，還會有市民大道高架橋的車流，這兩個座標，都可以作為時間移動的證據，只要她站起來，答案很快就會浮現了。

正當幸子一手扶著走廊的木頭廊柱，膝蓋緩緩拉直，想要站起身的時候，胳臂突然被用力扯住，又一次往後跌坐在地上。這次幸子確實被惹惱了，正想開口罵人，卻感覺耳邊一股熱氣，一轉頭，謙田的臉貼著她的鼻梁，兩人險些撞在一起。

『你怎麼會在這裡？』驚魂未定的幸子，忍不住追問。

『是啊，沒想到妳這麼快就跟過來了！』謙田的表情，似乎有所盤算。

『你的意思是說，你早就料到我會跟過來囉？』

『嗯，沒錯，可以這麼說，不過，在妳出現之前，我自己也不太有把握，我們似乎破壞了時間旅行的規矩，我向死後的世界借用太多時間，導致路人向妳問路的瞬間，我就被時間磁場拉扯進來，還好臨走前，伸手拔了妳一根頭髮，於是，妳就跟來了。總之，歡迎來到一九四六年，台灣已經光復，二二八事件還未發生，這裡是梅屋敷，喔，不對不對，已經換了老闆，改名為新生活賓館了。』

聽謙田這麼解釋，幸子總算安心了一些，『所以，剛剛推開紙門，朝我走來的人影，就是你囉？』

謙田點點頭，『沒錯，就是我。其實早在張邦傑先生下車，在穿廊與我短暫寒暄的時候，我就看到妳了，妳站在門口燈籠旁邊，伸長脖子，目光尾隨而來的時候，我就知道妳來了。』

『張邦傑先生！』幸子聽到這個名字，才恍然大悟，原來那位面容熟悉的男子，就是張邦傑啊，跟拆船舅那裡拿到的照片，一模一樣，眼神尖銳，五官剛毅，革命份子的狂熱氣質，難怪有似曾相識的感覺。

『等等，等等，你說，屋子裡頭的聚會，坐在長桌主位的人，就是張邦傑，我外公的三弟，我媽的三叔，我應該叫他三叔公？』因為興奮，幸子說話的語調瞬間拉高不少。

『是啊，就是張邦傑！今天這場聚會，是為了幫他餞別，他跟陳儀鬧翻了，下週就要被驅逐出台灣，改派福建辦事處任職，妳剛剛應該聽到不滿的咒罵聲，還有彼此約制的勸說，因為，我們懷疑陳儀派了人手監控他。在陳儀眼中，張邦傑太尖銳了，他主張台人治台，對陳儀政府來說，簡直是挑釁，可是礙於張邦傑在黨政界的分量，又不能動他一根寒毛，只好派任新職，想辦法讓他遠離台灣。今天這場晚宴，氣氛真是詭異啊！』

這時，紙門又推開了，站在門口的人，正是張邦傑，目光直視過來，跟幸子的視線對個正著。

『謙田，你在那邊跟誰說話啊？』

是張邦傑的聲音，威嚴、果斷、傲氣。

幸子簡直嚇傻了，雙腿一軟，幾乎站不起來。

謙田倒是沉著，捏著幸子的手肘，小聲吩咐她別說話，一切交給他來處理。

『張先生，是你的姪女，大哥席魁的小女兒，在台灣出生的，你沒見過吧？』
謙田輕輕推著幸子，將她推到燈光亮處，張邦傑聽說是晚輩來訪，眼神突然變得柔和，口氣也委婉多了，急忙問說：『長這麼大了，福建撤僑最末一班船，在廈門港，下大雨的傍晚，妳母親還挺著八個月身孕，現在都這麼大了，時間真快啊！』
幸子已經知道，謙田巧妙閃躲問題，讓她頂替母親的身分，成為張邦傑的姪女。可能是張邦傑長年在外奔波，對家族內的瑣事沒有概念，否則，按照年齡算計，姪女才只有十歲，根本不可能長成幸子現在這種身高。
張邦傑從口袋掏出一支鋼筆，遞給幸子。
『三叔沒有什麼東西送妳當見面禮，這支筆，在上海買的，妳拿著，讀書寫字，用得著……』
幸子發現張邦傑的眼角浮現淚光，如他這般南征北討的硬漢，此時又一次人生失意，即將被迫離開故鄉，突然見到大哥的遺孤，難免悲從中來，長年與家族疏離的愧疚感，對照此刻無法舒展抱負的淒涼窘境，幾乎讓他流下英雄淚。
幸子也不知道如何開口安慰他，畢竟輩分低，身分又錯亂，只好看著謙田，等他幫忙解圍。

謙田正想開口說話，宴客的房間突然走出來一個仕紳模樣的白髮先生，拉住張邦傑一陣耳語，似乎正在傳遞什麼嚴肅的訊息。

張邦傑邊聽那位白髮仕紳說話，邊向幸子揮手道別，原本走進宴客的房間，馬上又走了出來，輕聲吩咐謙田，天色晚了，務必送幸子一程。

『三叔還有事，就不多說了，以後要見面，不知道還有沒有機會……』

幸子看著他那寬闊的肩膀，挺直的腰桿，一陣難過，幾乎要哭出來。

18

幸子走出梅屋敷大門，聽到奔馳在中山北路的車行分貝聲響，身後的燈籠剎那間熄滅，她隨即知曉，時間空隙已經在身後掩上門扉。舊世代的至親相逢，留著訣別的遺憾，至於謙田究竟有沒有陪她走到門口，幸子則是一點都想不起來了。

比較納悶的是，那支從張邦傑手裡接過來的鋼筆，並沒有因為穿梭時間的急速撕扯而成為金屬碎片，反倒完好如初，墨汁色澤鮮明，握筆的瞬間，彷彿感覺張邦傑簽署國家公文的指紋，還清楚留在那裡。

幸子打電話給直人學長，提到她那無比淒冷的空虛感。

『是那種無能為力的感覺嗎？』直人問。

『是啊，好像什麼忙都幫不上！』

『嗯，這麼說，也對。畢竟，歷史重來一遍，也許什麼都改變不了，或事後已經知道如何閃躲，也未必能替過去減少犯錯的機會，一個人的力量太渺小了，沒辦法對抗整個大時代的趨勢與氣氛，有些時候，集體麻醉是很可怕的武器。』

『所以，也不能幫謙田找到答案，他可能從此都在輪迴的時間滾輪裡面流浪，將生命切成細細的碎片，不會老去，也不可能再年輕一回，那種不斷飄蕩、無法落腳、生死未卜的寂寞與焦慮，跟爽快赴死比較起來，到底哪一種人生比較痛苦呢？』

直人在電話那頭沉默許久，沒有接話。幸子其實心裡已經有答案，即便她不是謙田，也能體會謙田急於做個了斷的迫切感。

『幸子，妳有沒有想過，到二二八基金會查詢罹難者名單，或從補償名冊找尋謙田親人的下落，甚至想辦法從其他受難家屬的口述紀錄裡，還原那天晚上的情況，包括，他跟什麼人在一起？那些人有沒有遭到逮捕？有沒有人逃過一劫？等到時間地點的元素都弄清楚了，會不會比較容易找到改變謙田命運的切入點呢？』

幸子在電話這頭，感覺腦袋鑿開小洞孔，直人的提議，透露一道指引的曙光，之前落寞淒冷的空虛感一掃而空，忍不住在心頭雀躍尖叫，這真是個好方法啊，怎麼從來都沒想到呢？

隔天一早，幸子趕往基金會辦公室，在工作人員協助之下，透過電腦系統查詢徐謙田的資料，可惜一夜期待，並沒有覓得滿意的答案，閱遍所有罹難者與失蹤者名單，都沒有符合或類似徐謙田的名字出現。

這代表什麼呢？代表謙田沒有死？沒有失蹤？或者，謙田的死或失蹤，並沒有人在意？沒有人認屍?沒有人提出補償申請?還有什麼是幸子無法猜透的原因呢?

幸子向基金會工作人員描述謙田被捕的經過,包括雙手反綁,雙眼蒙住,車輛往東走,可能在河邊遭到處決之後,屍體推落水面還產生極大的水聲。

工作人員想了一下,隨即調閱出相關資料,『一九四七年三月十六日,在台北南港橋邊發現八具浮屍,只穿襯衣短褲,屍體上面有槍孔,身體還有被棍棒打傷的痕跡。這八具屍體當中,只有五具被家屬認領回去,包括檢察官、專賣局課長、醫師、賣豆腐的小販在內,另外三具屍體身分不詳,也沒有人認屍……』

幸子仔細閱讀,並參酌那五名被親屬完成指認的罹難者身分背景資料,發現他們都是在三月十五日被捕,與謙田在三月十一日晚間的處決時點並不相符,除非謙田記錯日期,而或者,車子並非往東走,而是往西,或任何一個靠近水源的地方。

『倘若不是往東走,會不會是淡水河?』該名工作人員提到,在淡水河確實發現大量浮屍。

『淡水河嗎?也許吧!』幸子悄悄隱瞞了謙田穿越時空前來探求死因的情狀,許多細節,其實自己也不是太清楚。

基金會工作人員從謙田被捕的日期與地緣，找到一筆關連資料，幸子將聯絡方式抄寫之後，透過電話聯繫，來到貴德街一處老宅前方，據說是受難者第三代家屬的李先生，正在騎樓底下揀選剛到貨的紅蔥頭。

『我阿公原本是迪化街一帶的茶商，到我父親那一代，才改行做南北貨。我是沒見過他老人家，他被捕的時候，我父親才只有十歲，據說是三月十一日晚上，跟幾個朋友碰面，從此就沒有回來了，有人說，曾經看到他在延平北路附近的亭仔腳底下，蹲著，頭低低的，好像很痛苦的樣子，但也有人說，他被一部卡車拉上去。總之，事情發生之後，我阿嬤四處託人打探，也有些流氓來要錢，說他們知道阿公的下落，不過到目前為止，是生是死都不知道，其實我也不是太清楚，家裡長輩交代過，不要談這種事情。』

『有聽過阿嬤去南港橋認屍嗎？』

李先生搖搖頭，說他不曉得，不過詳細情況，也許可以去問問迪化街一家中藥行老闆，聽說他對那些事情，比較有見解。

幸子在李先生帶領下，穿過小巷弄，來到迪化街中段的中藥行。藥行還是未翻修的老建築，彌漫著濃郁的藥材氣味，陽光灑落天井，年邁白髮的老藥商，坐在天井藤椅上，正在切高麗人參。

『徐謙田，我認識！』

老人家一口金牙，說起話來中氣十足，思緒靈光，一開口，就讓幸子驚喜不已，彷彿在汪洋大海裡，奮力泅泳掙扎之後，終於抓住一根漂流木，距離謙田謎樣的死因，越來越接近。

『他是往來台灣跟廈門的藥商，據說還有眼科醫師的身分，懂北京話，光復之後做過通譯，人長得斯斯文文，喜歡熱鬧，喜歡交朋友，以前我在店門口擺一張藤椅，他就經常坐那裡，低頭寫貨單，有時候也在那裡看書，不是做生意的料子，我總覺得，他的樣子，該當是做眼科醫生的，可惜時局不好，沒辦法。』老先生看了一下做南北貨的李家少東，『應該是跟他們家阿公一起被捕的，他們在法主公廟對面一個藥商家裡吃飯，據說當晚參加聚會的人，一個也沒逃過。我大概在九點鐘左右，經過法主公廟附近，看見一輛卡車和幾個穿中山裝的人躲在暗處，我心裡就有不好的感覺，後來有傳說，那些人被密告是台共組織，實際罪名是什麼，到現在也沒有公佈。這種事情，早先幾年，就算拿槍來逼我，我也不會說的，為什麼？因為怕死啊。現在我老了，不怕了！』老先生拿起切高麗人參的尖刀在空中比劃，一副勇敢搏命的樣子。

『徐謙田在台灣，沒有家人或親戚嗎？』

老先生食指彎曲，頂在眉心，想了一下，『他的父母，好像在戰時得傳染病死了，沒有兄弟姊妹，是獨子。我聽說他有個愛人在東京學音樂，原本打算返回台灣之後成婚，可惜搭上「高千穗丸」，靠近基隆港的時候遭到美軍潛艇發射的魚雷擊中，整艘船都沉了，就這樣子喪生海底，徐謙田後來也就沒有娶妻，有聽說他與帝大醫院一位護士相好，那也是聽說，沒見他們出雙入對。有幾次我們在蓬萊閣酒家吃飯，他喝了酒，聽小姐唱起小曲，「今夜風微微，窗外月當圓」，會忍不住掉眼淚，是個重感情的好人啦，那樣死掉，好可惜……』

幸子向中藥行老先生確認了法主公廟的相關方位，還有當年發現卡車與穿著中山裝人士躲藏的地點，大抵心裡已經有譜了。

離開中藥行的時候，發現店門口還是擺著藤椅，彷彿謙田仍舊坐在那裡，低頭填貨單，或靜靜看書，斯文的模樣，被密告是台共，渾然不知赴一場生死晚宴，草草了結四十未滿的人生。

已近黃昏，幸子沿著迪化街，經過霞海城隍廟和永樂市場之後，左轉南京西路，只要直走，就是謙田生命最末一段路途，幸子望著逐漸亮起的路燈，感覺胸口刺痛，彷彿針扎。

那天之後，幸子一直等待謙田出現，秋天過了，冬天來臨，謙田失去音訊，而或者，根本不是那麼一回事，謙田原本就不是存活在同一個時間磁場的人，六十年前的三月，倘若那場死亡捕殺確實發生過，他早就是另一個輪迴的新生命，不可能三番兩次與幸子相遇。

日子不斷流逝，像自動翻轉的沙漏，曾經與謙田相遇的證據，變得很薄弱。

直到隔年二月，鋒面過境的寒雨冬日，幸子約莫在天色將暗的傍晚，行經捷運台大醫院站，看見常德街醫院正門左側的希臘樑柱旁，有位穿著黑色及膝薄大衣，戴著黑色呢帽，提著公事包，紳士裝扮的男子，那肩膀線條太過熟悉了，幸子站在對街，眼眶濕潤，直覺那就是謙田。

幸子急忙撐傘過街，眼睛盯著謙田的帽子，見他走進醫院大廳，抬頭看了一眼挑高的天花板，隨即走入中央穿廊。幸子喊他的名字，他一度回頭張望，眼神與幸子相對，卻立刻轉身，沒什麼反應，彷彿陌生不相識。

幸子是第一次走進台大醫院西址舊館，猛一抬頭，瞧見挑高天花板對稱雕飾與透光琉璃，感覺眼前景象褪去一層顏色。空氣中，飄來消毒藥水味，竟是在台南西門路的姑婆舊屋與謙田會面當時，極為類似的氣味，是否為久違的相遇鋪陳什麼，或僅僅是時間切割過程中，帶著嗅覺的記憶來投胎，但幸子在意的是，謙田方才看她的眼神的確生疏，那生疏毫無矯飾偽裝，這讓幸子更加焦慮。

其實幸子已經發現時間移轉的跡象了，在中央穿廊走動的護士裝扮與等待看診的百姓衣著，都不是時髦樣式，然而，與過往幾次時間旅行不同的是，幸子竟然對於時間產生清晰的意識，不需謙田提示，她已經明瞭，這天就是一九四七年三月十一日。

沒有謙田的指引帶路，幸子竟然闖進時間縫隙，她感覺心跳加速，好像兇猛的棒槌使勁敲擊心臟血管，這是一趟沒有機會重來的冒險，時間並非倒轉，而是她返身走進謙田的生命，此刻謙田還未死去，而說不定他根本還未開始死後的時間旅行，幸子反倒提前一步來到謙田死前的末日，絕無僅有的一次機會，沒有人可以幫她，而她卻必須協助謙田躲過生死劫數，就在入夜之後，繞過後圓環，前往日新公學校的路上。

幸子跟謙田相距只有幾步之遙，她看見謙田脫下薄大衣，在『丰』字型的中央穿廊落地窗前停了下來，往左邊甬道張望，低頭沉思，嘆了一口氣，仍舊決定走往甬道。幸子急忙跟上，發現謙田站在第二間病房門口，和一位穿著護士服、長髮及肩的瘦弱女子交談，女子披著藍色毛線外套，面容憂戚，瞳孔注滿淚水，謙田伸手扶著女子的肩膀，在她耳邊輕聲說了幾句話，女子將謙田推開，跑到面對中庭的窗邊啜泣。

想必是傳言中，彼此有愛意的一對男女戀人，謙田愛戀的對象果然是帝大醫院的女護士，迪化街中藥行老先生的記憶應該沒錯，如此一來，這次會面，也算訣別了。

兩人就僵在病房外頭，一個低頭啜泣，一個不知所措。幸子只好佯裝探病家屬，經過謙田身旁時，聽他對著女子說：『明天搭船走，去上海投靠張先生，我買了妳的船票，中午十二點鐘，要不要一起？』

幸子放慢腳步，發現女子仍舊啜泣不語，謙田看了手錶，神色焦急，丟下一句，『明天在基隆碼頭相會！』隨即轉身快步離開，幸子很想即刻追趕過去，又掛念女子的情緒，只好急忙在她耳邊慌亂叮嚀，『放心，今晚我會想辦法救徐先生，妳一定要去基隆碼頭相會喔！』

原本低頭啜泣的女子，被幸子的舉動嚇了一跳，淚眼盯著幸子，愕然心驚，說不出話來。幸子也顧不了那麼多了，拔腿狂奔到中央穿廊，發現謙田已經重新穿上薄大衣，走出常德街玄關，這時中央穿廊突然出現兩部吊著點滴的推床，擋住幸子的去路，推床上的病患似乎剛剛動過手術，胸膛與四肢纏著綳帶，醫護人員在穿廊兩旁擋駕，一名護士還伸手將幸子緩緩推向牆邊，幸子也只能在原地跳躍，往玄關方向張望，謙田已經不見，不知出了醫院大門之後，究竟往左還是往右？

好不容易等到兩部推床經過之後，幸子衝出醫院大廳，不管向左或向右，都看不到謙田的身影了。

19

天色漸漸暗了，街道一片靜默，幾乎沒有行人，只有武裝軍憲滿佈的崗哨，不時有架著機關槍的卡車經過，商店都關上大門，民房多數掩窗，台北街道充滿肅殺之氣，像一座死城。

幸子楞在醫院門口，完全失了主意，倘若在自己的時代，只要奔跑過街，搭乘手扶電梯往下，走進捷運車站，搭乘新店線列車，不到一分鐘即可抵達台北車站，穿越捷運地下街，距離後圓環，其實不太遠。

可是時空背景完全不同，這時候要穿過台北車站心臟區域，面對荷槍實彈的軍憲崗哨，想要保住性命，何其困難，該怎麼辦呢？

這時，瞧見一部私家轎車駛入醫院通道，幸子聽見下車的婦人與駕駛座司機簡短交代，要他稍待幾分鐘，只要接到出院患者，就可以回南京西路。

『南京西路！』幸子心頭一股熱流竄升，莫非是天意相助？

那婦人面容和藹，衣著高雅，不久就看她攙扶一位老太太上車，幸子覺得機不可失，立刻鼓起勇氣上前與婦人攀談，佯稱自己要回後圓環，可不可以搭一程便車？

婦人遲疑了一下子，見幸子態度誠懇，這一路戒備森嚴，一個女孩子家孤單走回後圓環，確實危險，隨即吩咐幸子上車，就坐在剛出院的老太太身旁。

『住在後圓環哪裡啊？時局這麼亂，為什麼一個人出門呢？』婦人坐在老太太另一側，轉頭向幸子探詢。

『喔，我住在法主公廟附近，家裡開診所，白天幫忙送一份緊急轉診病歷到這裡，沒想到事情耽擱，天色就暗了。我剛剛看見路過的大卡車有機關槍，不敢一個人走，還好遇到你們……』

幸子不得不撒謊，但婦人似乎沒有懷疑，嘆了一口氣，『唉，還好遇到我們，要不然，妳也別想回家了……』

車子直駛中山南北路，途中遇到一處盤查的崗哨，機關槍對準車窗，司機遞給憲警人員一張公文，對方隨即放行，幸子心想，這婦人家裡也許有靠山，不知跟掌權的陳儀勢力有什麼特殊關係？

車子拐進南京西路之後，婦人問幸子，診所在哪裡？

這下子可慘了，幸子剛才只是隨意瞎扯，要是婦人對這附近熟識，發現幸子根本就是撒謊，以她和掌權勢力的特殊關係，會不會對幸子的性命造成威脅？

『嗯，診所在中山北路，住家在法主公廟對面的小巷子裡，我在圓環邊下車就好……』幸子回答的語氣有點忐忑，結結巴巴，手腳不斷發抖。

『中山北路啊，那不就是林眼科？還是方內科？嗯，我看是簡婦產科吧，妳是簡醫師的小女兒嗎？』

婦人突然熱絡起來，不像蓄意試探，反倒是熟人相遇的感覺，這讓幸子放心不少，索性放膽撒謊下去。

『是啊，我是簡醫師的小女兒！』

『哎喲，長這麼大了，妳六個月大的時候，我還抱過妳呢！』

婦人呵呵笑了出來，就連坐在中央的阿嬤，都轉頭看著幸子，眼神充滿疼惜之意，好像幸子六個月大的時候，真的被她們抱在懷裡逗弄過。

車子停在圓環邊，幸子一溜煙就下車，婦人搖下車窗，探出頭來，『要不要送妳到家門口啊？嗯，等等，我怎麼記得簡醫師住在延平北路，靠近第一劇場的那條巷子啊……』

幸子眼見婦人露出懷疑的神情，心想糟了，一邊快步走入巷弄，一邊回頭喊著：『多謝歐巴桑關心，我們剛搬家，住在巷子底，有空來玩……』隨即拔腿快跑，一直跑到永樂市場附近，才蹲在黑暗的草藥舖圓拱形紅磚騎樓底，大口喘氣。

草藥舖的木板拉門，緩緩開了一小條縫隙，透出屋內微弱的光，以及店家一雙膽怯的瞳孔。

幸子從木板拉門縫隙，瞧見草藥舖牆上的掛鐘，八點過一刻，她低頭調整自己手上的多功能手錶，心跳跟著急速鼓動，許多複雜的情緒在腸內翻攪，嘔吐感立即湧上來。也許草藥舖屋內的人也覺得哆嗦，木板拉門隨即掩上，如此一來，幸子反倒鬆了一口氣，方才的嘔吐感，慢慢舒緩下來，這才想起，有些事情，非得趕快進行不可。

幸子找出背包裡的紙筆，倚賴騎樓微弱的光，開始寫信。

寫給現在的謙田，未來的謙田，以及穿梭時空的謙田。

接下來的一個小時，將發生什麼事情，幸子一點把握都沒有，在時間倒敘的版本裡，歷史有沒有辦法重新改寫，誰也不知道。

她不想寫下辭別的字句，但隱約有那樣的情緒，幾度滴下淚水，模糊了書寫的筆跡，只能小心拂去暈散開來的淚漬，此時此刻，她至少要比謙田更勇敢。

諸多情緒濃縮在微薄的紙張裡，幸子將紙張摺成四等分，塞進口袋裡，還起身上下跳動，確定不會滑落出來，才安心收好筆，拉好背包拉鍊，繫好鞋帶，看著永樂市場旁邊的霞海城隍廟簷，用力深呼吸，時間不早了，她必須趕緊出發。

幸子往前走到迪化街口，幾個月之前，她才跟朋友相約在這裡吃過旗魚米粉湯，時間倒轉六十年，三月春夜，整條街靜默死寂，全無市井營生的熱絡，再往右張望迪化街景，屈臣氏藥局還是尚未發生火警之前的容顏，立面仍有豪門建築的貴氣，樓頂鐫刻浮雕麒麟飛龍家徽，在肅殺凜冽的台北夜色中，顯得高傲又悲涼。

街道偶有路人經過，都是行色匆匆，幸子盡量靠近騎樓內側暗處，或乾脆鑽進巷弄間。這一帶的道路還是未拓寬前的景象，幸子也只能倚賴幾處老建築作為參考座標，還好南京西路口幾棟透天樓房還算眼熟，再往東走，應該就是法主公廟了。

這段路的距離其實沒有很長，但幸子走得戰戰兢兢，映著月色，努力探索暗巷來往的路人，或注意鄰近屋舍動靜，果然發現一部未熄火的大卡車，停在法主公廟旁邊的巷子口，卡車上頭，隱約有人影晃動，還有槍托碰撞的聲音，幸子低頭看了一眼手錶，差五分就要來到九點鐘，如果那位迪化街中藥商的老先生記憶無誤，捕殺行動很快就會展開了。

幸子決定繞進一條與南京西路平行的小巷，開始往後圓環的方向狂奔。

沁涼的空氣，還透著早春輕微刺骨的寒意，街景猶如向後滑動的捲軸，整條巷弄，只剩下幸子的腳步聲，迴盪，迴盪，恰似一株向老天爭取多活一日的朝顏花。

『過了這條岔路，應該就是距離日新公學校最近的路口了！』幸子在心裡幫自己吶喊打氣。

行經一家郵局，這幢兩層樓建築，幸子其實不陌生，半個世紀之後，對面會出現『小巷亭日本料理』，還有兩家連鎖咖啡店，幸子放緩腳步，壓抑呼吸，在郵局門前調整手上的多功能手錶，利用行事曆編輯功能，將時間設定在隔日正午十二點鐘，孤注一擲的佈局，不曉得能不能成功。

幸子向圓環那頭張望，似乎看到微弱的車燈向這邊靠近，可是謙田到底在哪裡呢？算算時間，他應該已經繞過圓環，來到日新公學校的前方，站在路口，抬頭看天空月色，不是這樣子嗎？

幸子開始焦慮，討厭的嘔吐感又湧上胸口，但是她不能放棄，只好繼續往東邊小跑步，直到看見日新公學校的圍牆，才停了下來，藏身在老樹側邊，探出半個腦袋，觀察圓環方向的動靜。

剛才看到的車燈，慢慢往這頭逼近，經過圓環之後，似乎停了下來，死寂的街頭，立刻傳來了淒厲的打鬥聲與叫喊聲，幸子心想，會不會是謙田的記憶有誤，被抓的地點根本不是最靠近日新公學校的路口，而是圓環邊？倘若真的如此，那淒厲的叫喊聲，會不會就是謙田抵抗捕殺的最後掙扎呢？

卡車又發動引擎，緩緩朝著幸子靠近，幸子全身貼著老樹的樹皮紋路，憋氣屏息，卡車在前方十公尺處，突然停了下來，車上似乎有人交談，還有些爭論，約莫過了一分鐘，卡車急速掉頭，沿著圓環繞一圈，往西疾駛而去。

幸子突然覺得渾身無力，跌坐在地上，眼淚隨即奪眶而出。

一定是謙田被捕了，他一定在那部卡車上頭，眼睛被蒙住，雙手被反綁，往淡水河的方向，即將遭到處決，子彈貫穿他的腦袋，屍體拋擲入河，濺起水花，一定是這樣的。

幸子覺得體內五臟六腑都被掏空了，她很想立刻鑽進時間缺口，她不要留在這個肅殺的年代，她也不要在寂寞淒冷的街頭獨自飲泣，她要回到熙來攘往的台北街頭，只要過街，就可以去小巷亭吃一份花壽司、乾一杯清涼的冰啤酒，或乾脆到連鎖咖啡店外帶冰拿鐵，關於謙田的種種，當作快波睡眠的二日宿醉，她再也不要承受歷史重來仍然束手無策的挫敗感了。

幸子把腦袋埋在膝蓋之間，不斷啜泣，不斷想辦法讓自己回到未來，可惜抬頭看看四周，仍是黑暗死寂的靜夜，屬於一九四七年的肅殺煙硝味，仍未散去，她依然留在謙田即將死去的末日，一點對抗時間磁場的能力都沒有。

就在幸子往後癱坐在樹幹的同時，耳邊傳來皮鞋踩踏碎石路的腳步聲，風聲簌簌，風裡還有男人低沉的歌聲，『月色照在三線路，風吹微微，等待的人，那未來……』

是謙田！

像觸電一般，幸子火速跳起來，轉身向西邊望去，果然看到謙田的薄大衣在風裡微微翻飛，衣角在空氣中，畫出一道希望的弧線。

倘若狂喜可以形容幸子此刻的雀躍，那必定是狂喜無疑。可是狂喜來得短暫，因為視線穿越謙田的肩膀之後，卡車的車燈，竟然又在圓環那頭亮起，逐步逼近，在謙田身後，畫出一道淒厲的奪命符。

頃刻間，幸子失了魂魄，楞在原地，可是謙田居然停下腳步，抬頭仰望天空，完全不知道身後的卡車，即將敲起喪鐘，為他奏出安魂曲。

顧不了那麼多了，就放手一搏吧！

幸子快步向前，用力抓住謙田的手，將他拉進日新公學校的圍牆裡，賣命往校舍暗處狂奔，這瞬間迸發的敏捷爆發力，連幸子自己都覺得不可思議。

校園昏暗，幸子拉著謙田，跑得跌跌撞撞，直到幸子被磚頭絆倒，謙田閃避不及，兩人摔成一團，四周迅速陷入寂靜，只剩下兩人急促的喘息聲。

幸子的瞳孔適應黑暗之後，發現他們跌坐在一堆竹掃把中央。

『妳是誰？』謙田一邊喘氣，一邊質問。

『我是幸子啊，你忘記了嗎？』

『幸子？哪位幸子？』謙田一邊撫摸疼痛的膝蓋，一邊追問。

『你完全不記得了嗎？你穿梭時間空隙，出現在我姑婆的告別式，我姑婆是張萃文，我就是幸子，你在台南修禪院見到的幸子，想起來了嗎？』

『妳說……張萃文，是張醫師的妹妹，顏醫師的太太吧，她是妳姑婆，妳再說一遍，姑婆？』

『是啊，你說，你在今天晚上被捕，眼睛被蒙住，雙手還遭到反綁，卡車往東走，你聽見重物拋入水裡的聲音，當機關槍頂住你的頭，子彈發射出來，時間就錯亂了，然後你成為時間旅人，不但到了六十年以後的台灣找我，我們還去了一九五〇年拯救我舅舅顏世泓，可是行動失敗了，你記得嗎？』

謙田扶著腦袋，十分困惑，毫無頭緒。

『我是未來的人，不屬於這個時代，』幸子掏出口袋裡的手機，『你看，這東西你沒見過吧，這就是證據，這是未來隨身攜帶的電話，不但可以隨時隨地找到人，還可以傳簡訊，可以接上藍芽耳機，可以看大聯盟球賽，還可以下單買股票……』

謙田看著幸子手裡的3G手機，表情相當奇特，彷彿見鬼。

幸子不知如何解釋，卻聽到校園傳來腳步聲，心想糟了，肯定是大卡車那幾個中山裝打扮的人追趕過來了。

『聽著，你必須馬上離開這裡，時間之神不會給你第三次機會了，』幸子解開手腕的多功能手錶，還掏出口袋裡的信，『這手錶交給你，我已經將時間設定在明天中午十二點鐘，你跟那位帝大醫院的護士約好一起搭船去上海投靠張醫師，我也不知道這方法靈不靈，說不定拔幾根我的頭髮會有用，』幸子用力扯下一把頭髮，塞在謙田手裡，『這招你也試過，好像很靈，但不知道這次管不管用。唉，不要想太多啦，就算覺得荒唐，覺得不合理，生死關頭，就拚了吧！』

謙田聽幸子提到隔天在基隆碼頭與愛人相約之事，更加忐忑，『妳到底是誰？怎麼連這些事情，妳都一清二楚，到底是誰？』

腳步聲又逼近，幸子知道時間已經不多了，『你不要管我是誰，一切都寫在信裡面，等你順利逃脫，再慢慢看吧！我先跑，把那些人引開之後，你再往相反方向跑，記得按手錶下面這顆功能鍵，就會進入設定好的行事曆，希望時間可以順利移位，我相信一定逃得掉，一定的……』

幸子說得急促，但眼淚已經不知不覺爬滿臉頰，她知道自己能做的，就只有這些了。

就在幸子起身準備離開時，謙田突然抓住她的手，『為什麼要救我？』

淚水模糊中，謙田的形影好像漂浮在河面的波紋，幸子感覺謙田手掌的溫度，濃濃烈烈，親人般的不捨與牽掛。

幸子已經看見兩個穿著灰色軍服的帶槍士兵，站在校舍天井的月光底下，眼神兇狠四處搜索，她知道這是最終對決的機會，即便內心諸多掙扎，仍舊果斷甩開謙田的手，踢開腳邊的竹掃把，竹掃把滾到水溝裡，濺起水花，那兩個帶槍的人，立即循聲扣扳機，偌大校園發出刺耳槍響，幸子乘機拔腿狂奔，那兩人隨即跟上來，幸子頭也不回，賣命往校門口的方向奔跑，她聽見自己急促的喘息聲不斷從耳邊呼嘯經過，腦袋膨脹膨脹，膨脹成渾沌的腫脹劇痛，身後追趕的士兵不斷咆哮威嚇，本該是尖銳的聲音，卻緩慢成音軌遲緩的節奏，幸子在內心揣想，說不定兩顆從槍口噴發出來的子彈，正穿透空氣的微粒縫隙，瞄準她的背脊，只要貼近皮膚，就要崩裂四射。

幸子感覺四周空氣逐漸成為泡沫狀的液體，她的身體，從奔跑的姿勢變成水中泅泳的沉浮狀態，但身後追趕的腳步聲仍舊急迫清晰，她甚至感覺子彈飛行的熱度溫升，就要燒灼肌膚表層，直擊她的心臟。

好不容易鑽出學校圍牆，跑到南京西路上，正在盤算要不要越過對街時，一顆子彈擊中腳邊草叢，擦出刺鼻的火藥煙硝味，原先在大卡車待命的人，紛紛舉槍瞄準幸子，她成為清楚的箭靶，眼看是逃不掉了。

拿槍的人逐漸逼近，幸子站在槍把瞄準的中心點，她覺得自己就要死在一九四七年了。

瀕死的經驗，原來是這樣。

幸子的思緒突然變得清澈無比，愛恨嗔痴，全都遁入空茫，所有恩怨皆損益兩平，只要揿下投胎輪迴的按鈕，生命自有了斷。

真的有時間之神嗎？此刻未解的疑惑，約莫剩下這一樁了。

剎那間，那些圍繞著她舉槍的人，全部都愣住了，因為幸子臉上，居然浮現詭異的笑容。

『雙手舉起來，否則要開槍了……』站在幸子正前方，穿著立領中山裝的小平頭男子，開始咆哮。

幸子的右手，緩緩伸進口袋裡，就在幾秒鐘之前，她已經感覺口袋裡的手機開始震動，這是她習慣的『先震後鈴』來電模式，只要震動兩次之後，拉丁搖滾舞曲的和弦鈴聲就會響起，那代表什麼？代表時間空隙出現了，她甚至在那個對她咆哮的男人背後，看見對街的連鎖咖啡店綠色招牌亮起，空氣中，有咖啡豆的香氣，咖啡因是幸子最愛的興奮藥錠，接下來，她打算舉起雙手，讓那些舉槍的人，瞧瞧她新買的３Ｇ手機，這實在太有趣了。

就在幸子握住手機的右手即將從口袋抽離的同時，一把槍抵住她的太陽穴，槍口灼熱，應該是上一發擊中草叢的子彈所留下來的餘溫作祟。

糟了！

幸子在心底大喊不妙，她必須跟時間之神對賭，到底是手機先響，還是扳機先扣。

砰！

尖銳聲響，從耳邊呼嘯而過，跌入時間的河，滔滔流逝，不帶憾恨……

20

不待槍聲響起，趕在和弦鈴聲之前，幸子迅速按下手機接聽鍵，南京西路隨即迸出刺眼的強光，將一九四七年的街景抽離，那些拿槍瞄準幸子的人，立即被沖進時間漩渦裡，一部剛上市的銀色休旅車恰好在斑馬線前方緊急煞車，幸子低頭看著手機螢幕的來電顯示，瞬間釋放的安心感，幾乎要讓她放聲大哭。

直人學長的適時來電，幫助幸子逃過一劫，沒有孤獨死在一九四七。

事件似乎劃下句點，可是懸念依舊，幸子根本沒有把握，那個夜晚的種種是否也同樣劃下完好的句點，那些帶槍的士兵與穿中山裝的人，真的被時間漩渦沖散了嗎？而或者那只是時間作祟的美好假象，等到幸子離開之後，那些人又繼續回到校園，謙田仍舊被捕，雙手反綁，雙眼蒙上，子彈瞄準他的太陽穴，依然成為墜落水中的遊魂呢？

直到清明過後，幸子收到一份來自中國黑龍江省的小包裹，寄件人自稱是徐謙田的長孫，還附上一封簡體字問候信。

信件開頭，用了『幸子女士』如此恭敬的稱謂。

『冒昧來信，倘有失禮之處，懇請見諒。

先祖父徐謙田是一九四七年偕同祖母自台灣基隆搭船至上海開業的眼科醫師。祖父少年時期在高雄旗後地區習醫，祖母是台灣帝大附屬醫院護士，夫妻倆在文革時期被批為國民黨走狗，下放青海勞改，兒女均被打入黑五類，輾轉逃亡至大興安嶺，直到十五年之後，夫妻倆獲得平反，在黑龍江省抑鬱終老，從此不過問世事，直到病重彌留之前，取出終身珍惜的一封書信與手錶，還附上他親手書寫的回信，交代子孫，無論如何，都要送返原主，感謝救命之恩，可惜子孫怠慢，過了將近二十年，才在舊屋翻修之際，發覺這些先祖父遺物。先祖母與先父都已辭世，身為長孫，雖然仍為台灣籍，對台灣卻很生疏，一九四七年發生何事，毫無概念。

幸子女士必然是先祖父的摯友，有深厚的救命之恩，然而幸子女士相贈的手錶，顯然不是一九四七年流通的款式，至今仍讓家人百思不解。

同包裹附上兩封書信與手錶，另有一張先祖父八十歲生日當時拍攝的照片。

當年冒險相助的情誼，徐家子孫永銘在心，感激不盡！』

幸子讀完措辭嚴謹的信件，想想謙田的長孫，年歲應該比自己大很多，卻口口聲聲以『幸子女士』相稱，想必在他心中，收信的人，必然是白髮蒼蒼、身材佝僂的老婆婆吧！

幸子檢視包裹紙盒，裡面有兩個泛黃的信封，還有一個暗紅絨布袋，絨布袋束口是紅線繫成的扎實蝴蝶結，小心解開之後，幸子不免一笑，果然不是一九四七年流通的款式啊，畢竟是電視購物台買來的時髦玩意，只是跟著謙田一路從基隆流浪到上海，接著去了青海，落腳黑龍江，這一路而來，過的是怎樣的歷險人生啊，可惜科技時髦的電池撐不了那麼多年，此時幸子見到的手錶，液晶錶面漆黑一片，當時將行事曆設定在隔日正午十二點鐘，不曉得有沒有發揮作用？

取出其中一個信封，抽出信紙，彼時蹲在永樂市場旁的草藥舖騎樓寫下的字字句句，霎時映入眼簾，那時的氣溫，那時在空氣中彌漫的肅殺氣味，隨即湧上來。

幸子將信紙攤平，紙張纖維裡，留著當時書寫的情緒，想必還留著長年以來，謙田反覆閱讀所留下的指紋。

『謙田，

我們即將告別，這樣也好，幫彼此的生命找一個合理的歸程，我被迫成為跟時間之神談條件的人，我不會感到後悔，也不會覺得懊惱，因為你帶領我看見命運多舛的島嶼悲喜，也經歷戰前戰後所有青春正好的風華，我於是有機會反芻這些悲苦的養分，得以繼續堅強過下去，所以，我一定要救你，因為我們曾經共同經歷時間旅行，知道歷史儼然失焦的細節，而你必須存活下來，成為勇敢的見證者。

倘若你已經遺忘時間旅行的種種，那也無所謂，但請千萬記得我是張家老大張席魁的外孫女，我們在張萃文的告別式相遇，你曾經帶我回到一九六四年的台南西門路日式老屋，也去過轟炸前的鐵道飯店，你說過台北榮町的明治製菓有好喝的咖啡，菊元百貨有時髦的流籠。雖然我們一起回到一九五〇年的搶救行動沒有成功，歷史重來一遍究竟有沒有辦法改變什麼，就靠今晚奮力一搏了。

過了今晚，我們還有沒有機會見面呢？附上住址，加上我們這個時代才有的電子郵件信箱，倘若有機會，就請撥空來信，讓我知道你一切安好！

幸子　一九四七・三・十一』

重讀自己寫下的字句，驚覺歲月相隔，竟然有了巨大的疏離感，想起當晚蹲在草藥舖騎樓邊，複雜的情緒一擁而上，用句遣辭如此這般，好像歲月種種都上身，馱著島嶼悲涼的身世，一併跟當晚的謙田悲壯告別。

拆開另一個信封，有八十歲謙田的彩色照片，和一封謙田親筆書寫的信件，謙田的身影，與他吟唱三線路月色的歌聲，隨著書寫的字跡，一步一步近身，向來跟隨謙田出現的消毒藥水味，彷彿也濃烈而來。

『幸子，日新公學校一別，無恙否？

我始終懷疑時間旅行的說法，直到妳被槍桿追逐的腳步聲遠離之後，我低頭看著妳留下來的手錶，按下圓形小鈕，錶面浮現的時間數字，隨即將我帶到隔日正午的基隆碼頭。站在港邊，寒風吹拂，我讀著妳書寫的信件，那段反覆在時間碎片跳躍的種種，終於清晰起來，可惜我無法與妳一起分享改變歷史的喜悅，但事後想來，就算改變了，又能如何？我躲過台灣的二二八，躲不過中國的文革；我在台灣被當成左翼分子，在上海被當成親右走狗，國共兩黨都拿我的生命開玩笑。這些話我始終不說，唯獨對妳，倒是坦蕩，妳畢竟活在不同的年代，到了那時，這些歷史恩怨，已經有答案了嗎？或者，仍舊無解。

我和張席君先生都因為戰時加入國研所組織牽連入獄，下放青海十五年，而遠至安徽創校的張席祺先生，也難逃鞭屍的命運，紅衛兵敲碎骨灰罈，骨灰四散，好不淒涼。而留在台灣的張邦傑先生，據說二二八事件後，完全對政治灰心絕望，後來辦一份小報度日，晚年篤信佛教，不再過問政壇之事。

在下放青海的煎熬歲月中，與一位同樣躲過二二八的獄友相熟，他曾經是台灣帝大農學院教授，也是早期留日的知識分子，我永遠記得他對那段歷史留下的說法，他說：「那是一件由台灣最有良知和最沒有良心的人，湊合引起的一件偶發性事件，而台灣菁英的撲殺，是公報私仇的成分居多。」

真是這樣嗎？

我自己是老了，也倦了，人殺人，不管是以法為名，還是以仇為名，都厭。

幸子，倘若有一天，妳終於知道生養自己的這片土地，原來帶著悲劇的命格，許多曾經深信不疑的真理，變得支離破碎，請妳千萬不要嫌棄，也不要害怕面對，而是要想辦法讓歷史的悲劇不再重演，要讓後代子孫都擁有不再懼怕的權利，那才會讓我們這輩經歷戰亂與恩怨殺戮所犧牲的生命，變得有意義。

再會了！

徐謙田　一九八八．三．十一』

灑脫的告別，讓幸子想起姑婆舊居天井中央的朝顏花，綻放的生命，原來不是一瞬消失的容顏。

倉卒一別，謙田竟然多活了四十一年。

第7屆
【皇冠大眾小說獎】
決選入圍作品

一部純真卻催人熱淚的戀愛故事！

二重奏

梁家蕙◎著

南方朔：『《二重奏》以獨特的角度切入愛情問題，把愛寫得更細緻動人，整部作品不帶雜質，都是心與心的對話，它其實已替羅曼史寫作打開了另外的可能性！』

從來沒想過，有一天，『愛情』這東西會在我的生命裡佔住一個重要的位置，因為，我的世界裡只有溜冰，在雪白大地上飛舞的感覺，比戀人耳畔的呢喃，更美。我是吉兒，一個正值青春年華卻從不曾為誰心動的少女。

可是，有那麼一個男孩，竟然吸引了我的目光。他叫安祖，神奇的雙手能瞬間解開複雜的魔術方塊，更能拉奏出優雅的提琴旋律。不過，他注視的人似乎不是我，而是我最好的朋友——活潑又美麗的艾莉……

安祖啊，安祖，這個名字好像在我心裡漸漸發了酵。在一個人的時候，我會想著他，覺得心煩意亂；在彈著鋼琴與他合奏時，我倆的琴音更似乎如戀人般相互依偎！但是，他笑容裡的冷漠、若即若離的態度，卻也讓我裹足不前、無法再跨出一步……

第7屆
【皇冠大眾小說獎】
決選入圍作品

集驚悚、怪奇、妖邪於一書！一本很『台』的超新派靈異小說！

鬥法

月藏◎著

李昂：『《鬥法》以奇情異色的一種極致的書寫方式，提供了閱讀上強烈的感官刺激。這部「俗又有力」的小說，的確是令人讀後印象深刻。尤其是背後顯現出來的某些台灣現今的精神風貌，更有令人歎為觀止的貼近。』

身為地方上極具影響力的市議員，楊世德實在想不透，是誰對他有如此的深仇大恨，不但綁架了他的大女兒，還將她的身體肢解成一塊塊寄回他手上。如今一年過去了，眼看一切似乎都將恢復正常，誰知道兩天前，他的小女兒也失蹤了！

楊世德不確定，為什麼自己竟然會在這個節骨眼上，決定回到久違的鄉下老家來？然而兩年來，他不斷的想起童年記憶中某些模糊的片段——失蹤的同學、後山上那間『叔公』住的詭異鐵皮屋……楊世德隱隱感覺，這些不知是真是假的混亂記憶，必定與他女兒的失蹤有著某種關聯。

為了找回失蹤的小女兒，也為了查清楚記憶的真相，楊世德找上了私家偵探林德生，要他幫忙尋找當年『叔公』的下落。但沒想到，林德生查訪到的消息卻更加令他毛骨悚然——童年記憶裡後山上的鐵皮屋，其實是一座祭拜著『不乾淨的東西』的陰廟……

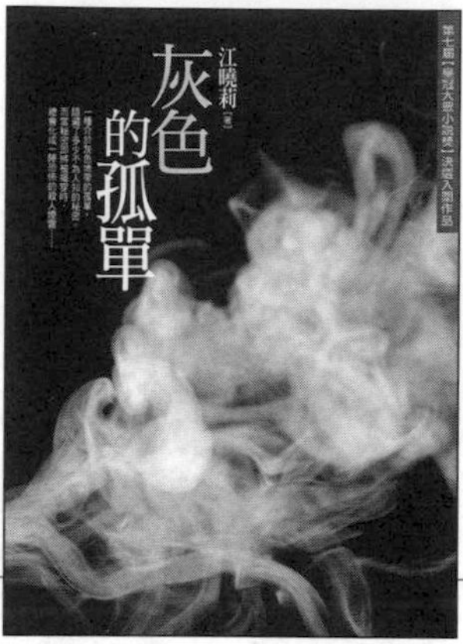

第7屆
【皇冠大眾小說獎】
決選入圍作品

台灣版的『HERO』！一幅驚心動魄的官商勾結浮世繪！

灰色的孤單

江曉莉◎著

詹宏志：『白佐國、周湘若或書中的其他角色，都是立體、鮮活、飽滿而可信的人物，這些角色有著完全台灣內容的生活背景架構，更在這種生活意義架構下進行一個推理謎局的展開與調查，這就造就了一部我們等待多時的、充滿本土聲光色彩氣味的原創推理小說。』

素有『最懶散的檢察官』名聲的白佐國才剛回到台北地檢署任職，就碰上了檢察長交辦萊兒生技公司涉嫌非法吸金的案子，同時，之前與白佐國有過一夜情緣的神秘女子林羽馥竟驚傳死亡的消息。

白佐國認為林羽馥的死另有隱情，就在他和檢事官周湘若積極偵辦萊兒生技案的同時，發現這起命案和另一樁『內湖之星大樓倒塌事件』牽扯在一起。原來林羽馥的未婚夫賴赫哲正是負責內湖之星大樓的建築師，卻在大樓取得使用執照前夕，從十六樓的工地意外墜樓身亡。

這三個案件最終指向的都是泰扶集團的總裁郭泰邦，到底林羽馥知道了什麼內情？賴赫哲又為何身亡？而泰扶集團跟萊兒生技公司又究竟有什麼關聯？在一切糾結纏繞的重重謎團中，白佐國和周湘若要如何找到破案的關鍵呢？……

國家圖書館出版品預行編目資料

朝顏時光 / 米果著.--初版.--臺北市：皇冠文化.
2008〔民97〕.01
面；公分（皇冠叢書；第3697種）
（JOY；92）
ISBN 978-957-33-2381-5（平裝）

857.7　　96025068

皇冠叢書第3697種
JOY 92
朝顏時光
作　者—米果
發行人—平雲
出版發行—皇冠文化出版有限公司
台北市敦化北路120巷50號
電話◎02-2716-8888
郵撥帳號◎15261516號
皇冠出版社(香港)有限公司
香港灣仔告士打道88號19樓
電話◎2529-1778　傳真◎2527-0904
出版統籌—盧春旭
責任編輯—丁慧瑋
美術設計—王瓊瑤
行銷企劃—李邠如
印　務—林莉莉
校　對—鮑秀珍・林禎慧・丁慧瑋
著作完成日期—2007年
初版一刷日期—2008年1月

法律顧問—王惠光律師

讀者服務傳真專線◎02-27150507
電腦編號◎406092
ISBN◎978-957-33-2381-5
Printed in Taiwan
本書特價◎新台幣199元/港幣67元

第七屆【皇冠大眾小說獎】讀者直選活動

最後五部決選入圍作品，究竟哪一部才是你心目中的第一名？
請踴躍投下你神聖的一票，就有機會參加抽獎！

直選辦法
請剪下本頁選票，勾選你的給分，並詳填個人資料後，直接寄回本公司（免貼郵票）。

直選期限
即日起至2008年3月20日止（郵戳為憑）。

抽獎活動
只要在直選期限內投出有效票，您就可獲得抽獎資格，有機會贏得大獎（廢票和個人資料不完整者除外）：

·壹獎

·貳獎

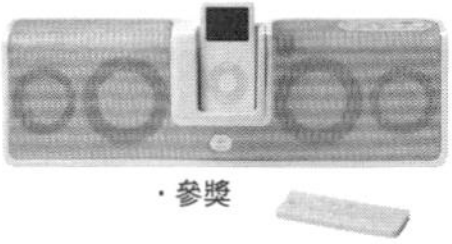
·參獎

·肆獎

- **壹獎3名**：Licorne力抗男女時尚對錶（市價10,500元）
- **貳獎5名**：Pathfinder Quality is Everything! 探險家經典系列26吋可擴充旅行箱（市價7,000元）
- **參獎10名**：Logitech 羅技電子mm50 iPod專用可攜式喇叭（市價4,990元）
- **肆獎20名**：Herbal Seemoli 蓆沐麗茶樹清爽潔淨控油組(市價2,100元)
- **特別獎30名**：第六屆【皇冠大眾小說獎】5部決選入圍作品《純律》、《離魂香》、《將薰》、《地獄門》、《最美的東西》一套（定價1,000元）

◎將於第七屆【皇冠大眾小說獎】頒獎典禮上抽出幸運中獎的讀者。
◎本活動限台灣地區讀者參加。每位讀者以得一項獎品為限，以較高金額的獎項為準。

◎請沿虛線剪開、對摺、裝訂後寄出。

第七屆【皇冠大眾小說獎】讀者直選活動選票

《朝顏時光》

您對這部小說的評價是：（請勾選。請特別注意，廢票將無法獲得抽獎資格）

☐5分　☐4分　☐3分　☐2分　☐1分

(喜歡←——————→不喜歡)

◎我的基本資料（抽獎用，請詳細填寫）

姓名：＿＿＿＿＿＿＿＿

出生：＿＿＿＿年＿＿＿＿月＿＿＿＿日　性別：☐男 ☐女

職業：☐學生 ☐軍公教 ☐工 ☐商 ☐服務業
☐家管 ☐自由業 ☐其他＿＿＿＿

地址：☐☐☐＿＿＿＿＿＿＿＿

電話：（家）＿＿＿＿＿＿＿＿（公司）＿＿＿＿＿＿＿＿

手機：＿＿＿＿＿＿＿＿

e-mail：＿＿＿＿＿＿＿＿

☐我不願意收到皇冠新書資訊和電子報。

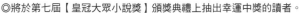

◎請沿虛線剪開、對摺、裝訂後寄出。

你對本書的其他意見：

寄件人：

地址：□□□

北區郵政管理局登
記證北台字1648號
免貼郵票
〔限國內讀者使用〕

10547
台北市敦化北路120巷50號
皇冠文化出版有限公司　收